El Casamentero
Libro Seis

Un Matrimonio por Necesidad

Reglas de Refinamiento

Tarah Scott

Traducido por Santiago Machain
Scarsdale Voices

Este es un romance de Scarsdale Voices y forma parte de la serie The Marriage Maker escrita por Tarah Scott y Sue-Ellen Welfonder.

Un matrimonio por necesidad El octavo libro de The Marriage Maker: Reglas de Refinamiento

ISBN: 978-1-953100-44-3

Editor: Luis Alejandro Ordóñez
El Casamentero

Reglas de Refinamiento

Los nobles no siempre son honorables... pero un libertino siempre es encantador.

En una estrecha callejuela de la ilustre Charlotte Square de Edimburgo, se alza una casa adosada que no es tan impresionante como las residencias cercanas, pero sigue siendo un lugar de distinción. El patio que da a la calle mantiene un aire de tranquila dignidad, mientras que la privacidad está asegurada por una puerta de hierro forjado. Esta casa es la Escuela para Señoritas de Lady Peddington y es propiedad de Lady Honoria Peddington, quien la dirige.

Las chicas que tienen la suerte de asistir a la academia son instruidas en todos los aspectos del comportamiento adecuado, haciendo hincapié en la importancia de una conducta y apariencia agradables, la gracia y los buenos modales, las habilidades que necesita una dama para llevar una casa grande y acomodada y, por supuesto, la necesidad y las ventajas de una reputación impecable. El escándalo, se advierte a las chicas, debe evitarse a toda costa.

La propia reputación de Lady Peddington es la mejor, y todo Edimburgo la considera irreprochable. Es especialmente apreciada por los mercaderes acomodados y la pequeña burguesía que vive en la periferia de la Ciudad Nueva, donde dirige su escuela. Estos clientes aprecian su habilidad para encontrar maridos adinerados para sus hijas. Nadie sospecha que sus conocimientos sobre los hombres provienen de la época en que no era Lady Honoria Peddington, sino simplemente Honey Pedding, y regentaba un próspero burdel de Glasgow.

Esas habilidades, aunque secretas, le siguen sirviendo, ya que cuando los famosos bailes de graduación de su escuela no logran conseguir maridos adecuados para algunas de sus chicas más animadas, aparecen otros caballeros, deseosos de aceptar a estas joyas como amantes mimadas. Así que, sea cual sea la inclinación del corazón de una chica, la Escuela de Señoritas de Lady Peddington garantiza la felicidad para todas.

Un Matrimonio por Necesidad

Capítulo uno

Anne se apartó de su mejor amiga, Jeanine, retiró el borde de su guante y miró la esfera del reloj plateado y dorado que llevaba prendido en el interior de la tela: 11:57. Si su reloj estaba en lo cierto, y el reloj había mantenido la hora perfecta durante tres generaciones, el tercer baile de la temporada terminaría en tres minutos cuando el minué concluyera. Entonces comenzaría el famoso Baile de Medianoche de Lady Peddington.

Un año de su vida, junto con los fondos que su familia no podía permitirse perder, se había ido. Todo para nada, si no encontraba un marido rico para el siguiente baile, para el que faltaba apenas una semana. Su corazón se estrechó. *Oh, papá, ¿por qué no nos lo dijiste?*

Ella sabía por qué. Su padre había sido un hombre Weber hasta la médula. Eran testarudos hasta la saciedad, decididos a cuidar de los suyos a toda costa y esclavos de los salones de juego. Al final, tuvo la presencia de ánimo para dejar sus cartas antes de perder el castillo en Loch Lomond, y la finca y las tierras al norte de Perth. Su padre, sin embargo, temía no poder resistir la tentación de jugarse lo que les quedaba, y bebió hasta morir.

La necesidad de llorar afloró.

No, el momento de la desesperación ya había pasado. Ella tenía que...

Un caballero alto, moreno y apuesto se acercó. La mente de Anne se puso en alerta. Quedaban dos minutos del respetable baile. Era imposible participar en el baile tan tarde, pero ¿podría este caballero entablar una conversación con ella? Continuó hacia ellos. Anne dirigió su atención a Jeanine. No le convenía parecer demasiado ansiosa.

—Me alegro mucho de que este baile esté a punto de terminar—dijo Jeanine—. Antes conocí a un caballero interesante. Es mayor, aunque no lo suficiente para mis propósitos—Suspiró—. Hace mucho calor y está muy cargado aquí. Creo que esta noche hay más invitados que la semana pasada. Me pregunto si habrá aún más para el último baile de la temporada la semana que viene.

Con el rabillo del ojo, Anne observó cómo se acercaba el hombre. Pasó por delante de un grupo de hombres.

—Sí, esta noche hace calor—dijo Anne a Jeanine--. Podemos volver juntas a nuestras habitaciones, si quieres.

El hombre llegó hasta ellas, y ella y Jeanine se enfrentaron a él. Él miró a Anne. Su pulso se aceleró. Por fin, un caballero iba a hablar con ella. Sería el primero de la noche.

Entonces su atención se desvió hacia Jeanine.

—¿Me honrarías con una vuelta por el salón de baile?

Las lágrimas picaron los ojos de Anne. Agachó la cabeza cuando Jeanine dijo:

—Estoy cansada. Pero Lady Anne está libre. ¿Por qué no caminas con ella?

Anne levantó la cabeza a tiempo para ver cómo el hombre se ponía rígido.

—Le ruego que me disculpe, pero se está haciendo tarde—dijo él—. Debo irme. Que tenga una buena noche—Empezó a darse la vuelta.

—Espere—gritó Jeanine. El hombre se detuvo, con el interés iluminando sus ojos—.¿Por qué no quieres acompañar a Anne?—exigió Jeanine.

—Jeanine—siseó Anne en voz baja, y miró a un grupo de señoras cercanas que fruncían el ceño en su dirección. Pero Jeanine la ignoró.

—¿Sabes que es la heredera de un título?—preguntó Jeanine.

—No necesito ningún título—dijo él, y antes de que pudieran responder, giró y se alejó.

Jeanine se enfrentó a ella.

—Estoy segura de ello. Linda y Dorothy hablan mal de ti. Apuesto a que Fiona también—añadió en un tono oscuro.

—¿Por qué lo harían?" dijo Anne—¿Qué pueden decir que pueda alejar a estos caballeros? ¿Y por qué decir algo? Hay muchos caballeros que buscan damas.

—Porque los caballeros te adularon esa primera noche—dijo Jeanine. Eres más hermosa que cualquier otra dama aquí.

Eso, Anne sabía, era falso. Había algunas chicas muy hermosas aquí. Jeanine era una. Pero no hay que olvidar que Jeanine es muy leal. Sin embargo, algo iba mal, y Anne no podía evitar la sensación de que las chicas que Jeanine había nombrado tenían algo que ver con ello.

Las luces comenzaron a apagarse. Su corazón se desplomó. El respetable baile había terminado. Anne vio a media docena de sirvientes que se movían por el salón de baile y apagaban las velas. Apagaron más de la mitad de las velas, dejando la enorme sala con muchas sombras.

—Es hora de irse—dijo Jeanine.

La ansiedad anudó el estómago de Ana. Una vez que se fuera de la fiesta, tendría que esperar otra semana para tener la oportunidad de encontrar una pareja adecuada. Tenía que haber alguna forma de prepararse para la siguiente semana. No podía sentarse pasivamente en el salón de Lady Peddington y coser, tomar té y hablar del último baile que se avecinaba. Aunque conociera a un caballero esta noche o la semana que viene, ¿qué garantía había de que hicieran pareja? No podía esperar hasta el último momento y limitarse a tener la esperanza de encontrar un marido. Las velas en la mesa detrás de ellas se apagaron, dejándolas en una suave sombra.

Jeanine tiró de su brazo.

—Ven, Anne.

¿Se atreve a quedarse? Anne recorrió el salón de baile. Al menos ciento cincuenta invitados, incluidas las hijas de Lady Peddington, habían asistido al baile de la noche. La mitad de ellos se había marchado. Anne contó a diez graduadas de la Escuela de Señoritas de Lady Peddington entre los invitados. Algunas incluso se habían quitado los guantes. Tres chicas estaban demasiado cerca de los caballeros, y la orquesta tocó un vals. El baile de medianoche había comenzado oficialmente.

Dos caballeros miraron hacia ellas.

—Oh, Dios—susurró Jeanine--. Dos caballeros se dirigen hacia nosotras. Si nos damos prisa, podremos evitarlos.

Anne se enfrentó a Jeanine.

—Rápido, sigue tú. Yo subiré más tarde.

—No, necesitas un marido con dinero—el susurro de Jeanine se hizo urgente—. Estos hombres no pueden ofrecerte nada.

Jeanine podría no estar en lo cierto. Algunas cortesanas recibían regalos muy caros. ¿Podría ella recibir suficientes regalos caros para mantener su patrimonio durante los próximos tres años? Su madre tenía una buena cabeza para los negocios. Podía administrar a los inquilinos mientras Anne ganaba el dinero necesario para plantar y cosechar tres años de cultivos. Después de eso, Dover Hall podría mantenerse a sí misma y al castillo de Dòmnallach.

Pero eso requería mucho dinero...

Los dos caballeros las alcanzaron y se detuvieron más cerca de lo que la propiedad permitía. Pero entonces, esto era el Baile de Medianoche. La propiedad había salido junto con todas las damas apropiadas.

El caballero que se detuvo frente a Jeanine hizo una ligera reverencia.

—¿Me concede el honor de este baile?

Jeanine miró a Ana.

—Sube a tu habitación—dijo Anne—. Yo subiré más tarde.

Vio el brillo de satisfacción en los ojos del hombre que estaba cerca de ella.

—Solo un baile, querida—le instó el admirador de Jeanine.

Jeanine estrechó los ojos hacia Ana.

—Si tú te quedas, entonces yo me quedo— miró al caballero—. Estoy encantada de bailar con usted.

Antes de que Anne pudiera objetar, Jeanine deslizó su mano por el brazo del hombre y permitió que la guiara hacia la pista de baile.

Anne dudó. Debería ir tras ella. Esto era un lío terrible.

—¿Te gustaría dar un paseo por el jardín, cariño?

Anne miró bruscamente al hombre que estaba incómodamente cerca. No tenía experiencia con hombres que buscaban amantes, pero había sido objeto de atención masculina desde los catorce años. Seis años eran suficientes para comprender las pasiones masculinas. Solo dos veces antes un caballero se había referido a ella con un cariño personal (fuera de su padre, por supuesto). La primera, fue el chico del que se enamoró a los dieciséis años. Se desenamoraron un año después, pero siguieron siendo amigos hasta hoy. La otra vez fue un reflejo de esta noche. La intimidad no había sido ganada, y evocaba una sensación de malestar que le erizaba la piel.

¿Era así como se sentía una cortesana? ¿Podía entregar lo más íntimo de sí misma a un hombre que no la consideraba más que un objeto al servicio de su placer? Los recuerdos de su madre sentada ante la chimenea de Dover

Hall, cosiendo en una fresca tarde de otoño, y de su hermana, Louisa, entrando a toda prisa en la habitación con un dibujo para enseñarles o un pasaje de un libro favorito que quería compartir, y la respuesta fue un rotundo sí.

¿Pero eso significaba un paseo por el jardín?

Una vez que llegaran al amparo de la oscuridad, ¿qué impediría a este hombre tomar lo que quería y luego no pagar por sus encantos? Se sonrojó al pensar en ello, pero dejó de lado la vergüenza. ¿Cómo hacía una cortesana para conseguir que un hombre le ofreciera un contrato? La respuesta le resultó más fácil de lo que le gustaba. Debía provocar lo suficiente como para que él le ofreciera un contrato, un buen contrato.

Anne inclinó la cabeza y miró al hombre a través de sus pestañas.

—Quizá, señor, sería mejor que empezáramos con un baile. Un paseo por los jardines podría ser algo para personas que están en términos más... íntimos.

Una esquina de su boca se levantó, y el temor se filtró a través de ella.

—Querida, no tengo reparos en contarme entre el afortunado número de tus amantes, pero no tengo intención de ser el hombre que los financie.

Anne parpadeó.

—¿Perdón?—Sus pensamientos dieron un vuelco. *¿Financiarlas?* Respiró con fuerza—¿Crees que estoy buscando un protector y que quiero tener amantes a su costa?

Él se acercó más y ella se puso tensa cuando le pasó un dedo por el brazo.

—Después de que hayamos disfrutado, podría presentarte a un hombre que mirará hacia otro lado cuando tengas amantes mientras estés bajo su protección.

Su mente se aclaró.

—Cree que voy a cambiar mi... mi... por un...—Las palabras fallaron cuando la furia nubló su pensamiento. Arqueó una ceja—¿Un paseo por el jardín, dice? ¿Le gusta la oscuridad, señor?

—¿Gustarme?—dijo él con un gruñido—La prefiero.

Los hombres eran tontos.

Esta vez, ella le miró directamente.

—Según mi experiencia, un hombre que prefiere la oscuridad para hacer el amor con una mujer es un hombre que carece de las herramientas adecuadas...--le dedicó una fría sonrisa—para complacer a una dama.

Él parpadeó y se le aflojó la boca.

—Los caballeros que atraes a tu red son muy afortunados.

Ella levantó la barbilla.

—No te contarás entre sus filas.

Parecía que iba a decir algo más, pero giró sobre sus talones y se alejó.

Anne respiró profundamente y se dio cuenta de que un grupo de hombres cercanos la estaba mirando. Que Dios la ayude, para mañana se habrá corrido la voz en Edimburgo de que una de las graduadas de Lady Peddington estaba disponible para ser tomada.

—No puede culparle del todo, ¿sabe?—dijo una voz masculina detrás de ella.

Anne se giró para mirar al interlocutor, un hombre alto apoyado en la pared. Cielos, era guapo. Los ojos azules que la miraban eran aún más azules debido a su cabello oscuro.

—¿Perdón?—dijo ella.

—No se puede negar que Niall es un poco grosero—dijo él—. Pero no se le puede culpar por decir la verdad.

El temperamento que la había metido en demasiados problemas a lo largo de su vida (incluso hace un momento) volvió a asomar su fea cabeza.

—Usted no sabe nada de la situación.

—A diferencia de Niall, respeto a una mujer que sabe lo que quiere y no tiene miedo de perseguirlo—dijo sin rencor.

Ella frunció el ceño.

—¿De qué demonios está hablando?

—Una mujer tiene tanto derecho a perseguir su placer como un hombre—dijo él.

Entonces ella comprendió.

—¿De dónde ha sacado la idea de que busco amantes?—Ella debería haber sabido que no debía quedarse en el baile de medianoche.

—¿Dice que no es cierto?—preguntó él, pero antes de que ella pudiera responder, añadió—. Parece ser un hecho bien conocido.

—Algo puede ser un hecho solo si es verdad—dijo ella con exasperación.

Él se rió.

—Acaba de rechazar las insinuaciones de Niall diciéndole que no lo añadirá a su lista de amantes.

Ella dio un movimiento frustrado de la cabeza.

—Estaba enfadada.

Él se rió.

—No hay necesidad de ser tímida. Lo dije en serio, respeto a una mujer que no tiene miedo de ir tras lo que quiere.

Anne exhaló un suspiro en un esfuerzo por controlar su temperamento.

—Pero usted insiste en que lo que quiero es una serie de amantes. ¿Qué diablos haría yo con ellos?

Él se apartó de la pared.

—Tal vez pueda ser de ayuda para demostrar los beneficios de tener al menos un amante.

Ella puso los ojos en blanco.

—Eso socavaría por completo mis planes.

—¿Cuáles podrían ser esos planes?

—No veo por qué eso es de su incumbencia —dijo ella.

Él se encogió de hombros.

—Si voy a ayudar, debo conocer sus planes.

—¿Ayudar? —Anne entrecerró los ojos —Si pretende ayudar de la misma manera que ese otro caballero, no gracias.

—Yo nunca sería tan descortés —dijo él.

Una punzada de esperanza afloró.

—Niall nunca debería haberle pedido que cambiara sus encantos por la posibilidad de presentarle a un hombre que podría estar interesado en convertirse en su protector.

—¿Qué debería haber hecho? —preguntó ella con cautela.

El hombre se acercó dos pasos y le agarró la mano. El calor de sus dedos la sorprendió. Con los ojos clavados en los suyos, le levantó la mano y le rozó los dedos con los labios, luego la soltó.

—Una dama siempre debe saber qué esperar de un caballero.

Anne estuvo completamente de acuerdo.

—Una mujer tan hermosa como usted no debería esperar menos que una pulsera de diamantes después de una velada íntima.

Ella se puso rígida. Él no pretendía convertirla en su amante. Pretendía tenerla durante una noche y luego enviarla a casa. Con una pulsera de diamantes, susurró en su mente. La situación se había vuelto mucho más desesperada de lo que ella podía imaginar. No solo no había logrado captar el interés de un posible marido, sino que ni siquiera podía interesar a un hombre en convertirla en su amante.

No tenía sentido. Los hombres habían competido por su atención (muchos, por su mano en el matrimonio) desde que había cumplido dieciséis años. Ahora que necesitaba casarse, la evitaban. Bastantes hombres se le habían acercado en el primer baile de Lady Peddington, o al menos en la primera mitad del baile, ahora que lo pensaba.

—Santo cielo—dijo en voz baja. Jeanine tenía razón. Alguien había difundido rumores sobre ella. Miró al caballero—¿Dónde ha oído esas cosas sobre mí?

—Los hombres hablan, igual que las mujeres, supongo.

—¿Cómo se atreven?—murmuró ella.

—¿Perdón?

—Han arruinado mis posibilidades de encontrar al hombre adecuado.

—Quizá yo sea el hombre adecuado—dijo él.

Ella lo observó, su pelo negro, sus ojos azules, sus hombros anchos y sus piernas largas, y luego negó con la cabeza.

—No, es demasiado guapo.

Él parpadeó.

—No sabía que ser «demasiado guapo» fuera un inconveniente.

—Lo es para mis propósitos.

—Le prometo, querida, que no lo es.

Ella sacudió la cabeza con frustración.

—Un hombre como usted no necesita una amante, y mucho menos una esposa.

La expresión de él permaneció impasible.

—¿Son esas las únicas opciones?

Ella entrecerró los ojos.

—Ahí lo tiene. Estoy en lo cierto. Busca una mujer que le entretenga durante una noche y luego la deje con alguna baratija.

—Le aseguro que nunca doy «baratijas» a las damas.

Una risa nerviosa emanó de algún lugar en las sombras a la derecha de Anne, pero ella mantuvo su atención en el hombre.

—¿Cuán caras son las joyas que usted regalaría?

Él levantó una ceja.

—¿Estamos negociando?

De repente, Anne sintió que la conversación iba mal para una cortesana que buscaba un protector. Aun así, dijo:

—Llámelo curiosidad.

La diversión apareció en los ojos de él.

—El otro día, por casualidad, vi un brazalete de oro especialmente bonito y me entristeció el hecho de no tener a nadie a quien regalárselo. El brazalete me costaría doscientas libras.

Eso significaba que podría venderlo por cien libras, si tenía suerte. Se le hizo un nudo en el estómago. Un hombre y una mujer pasaron junto a ellos.

Anne negó con la cabeza.

—Un regalo tan pequeño no me serviría de nada.

La mirada de él se agudizó.

—¿De qué le serviría?

Ella le hizo un gesto para que no se acercara.

—No tengo tiempo que perder cuando me ofrece una baratija por mis problemas.

—¿Problemas? —repitió él, y luego volvió a reírse, esta vez con plenitud, con riqueza y con diversión.

Para su horror, un calor la recorrió. Él se acercó más. Tan cerca que ella percibió el olor del jabón de sándalo que él había usado para bañarse. Pero, a diferencia de Niall, él no hizo ningún movimiento para tocarla, y su deseo de retroceder no fue por repugnancia, sino por el deseo de ocultar el rubor que calentaba sus mejillas. Dios mío, el hombre era encantador.

—Le prometo, mi señora, que no considerará una noche conmigo como un «problema».

El hechizo se rompió. Anne entrecerró los ojos.

—Ya veo, debo considerarme afortunada por tener una noche con usted, y agradecida por la bonificación de un brazalete de oro.

—No creo que eso sea exactamente lo que he dicho.

—Es exactamente lo que ha dicho —replicó ella—. Es el colmo de la arrogancia que un hombre piense que una mujer debe agradecerle por acostarse con ella.

La expresión de él se enfrió.

—Creo que fue usted quien me pidió que le agradeciera con una pulsera de oro.

Ella respiró con fuerza. Él tenía razón. Sin embargo...

—Sí, pero actúa como si parte de ese pago debiera venir en forma de gratitud por haber sido lo suficientemente afortunada como para ser elegida para su única noche de...--se quedó sin palabras.

—¿*Aventura romántica*? —dijo él.

Ella resopló.

—Una noche no puede llamarse aventura y no tiene nada que ver con el amor.

—¿Es eso lo que quiere, mi señora, amor?

—Una mujer siempre quiere amor. Aunque el amor no ponga la comida en la mesa—Ella leyó la sorpresa en sus ojos y se dio cuenta de que había perdido el control de la situación—. Llévese a otra mujer que esté dispuesta a venderse por un brazalete de oro—dijo ella—. Tengo asuntos que atender.

* * *

Kennedy Douglas, vizconde Buchanan, entro en su estudio y la fantasía erótica de la deslumbrante belleza en el baile de Lady Peddington acostada en sus sabanas bajo él se desvaneció al ver a su madrastra sentada en el diván cerca de la ventana. Estaba sentada con la espalda recta (la esposa ideal), con el cabello castaño y miel suelto sobre los hombros, formando un montículo cuidadosamente peinado sobre la cabeza. Su vestido de noche color marfil, propio de una mujer de treinta años, abrazaba sus curvas perfectas. Lástima que su marido tuviera un pie en la tumba.

—¿Qué demonios te ha traído aquí a estas horas de la noche, Jacqueline?

—Me doy cuenta de que es más de la una de la mañana—dijo ella—pero he estado esperando desde las nueve.

Se había excedido un poco con el champán que corría a raudales en el baile, pero la presencia de la mujer de su padre en su estudio a la una y cuarenta y cinco de la madrugada le

17

obligaba a tomar algo más fuerte que el champán. Se dirigió al aparador, donde había media docena de decantadores llenos de diversos licores, y se sirvió una buena dosis de escocés. Volvió a tapar la jarra, cogió el vaso y se giró.

Se apoyó en el aparador.

—A falta de echarte a la fuerza, supongo que no puedo impedir que me digas lo que quiere el conde. A menos que, simplemente, me retire a mis aposentos— Kennedy dio un sorbo a su whisky y la observó por encima del borde del vaso—.¿Serías lo suficientemente audaz como para seguirme, si lo hiciera?

—Estoy aquí por un encargo de tu padre, nada más— respondió ella.

—Por supuesto. No te arriesgarás a que cuestione tu fidelidad con su muerte tan cerca.

—Realmente, Kennedy. ¿Tienes que ser siempre tan cruel?

Él le dedicó una fría sonrisa.

—Contigo, mi querida, me temo que sí. Sé que me arrepentiré de preguntar, pero ¿qué es tan importante que has esperado casi cinco horas para decírmelo? Sé que no es que mi padre esté muerto, porque habrías arriesgado las puertas del infierno para encontrarme, si ese fuera el caso— Bebió otro trago de whisky. El agradable ardor le reconfortó—. Por no mencionar que no estás sonriendo.

—Realmente es poco amable de tu parte seguir insinuando que me alegraré cuando tu padre muera.

—Como he dicho, contigo no hay otro camino. ¿Qué quieres?

Ella buscó en su retícula, sacó un papel y lo miró.

—Esto es de tu padre.

Él soltó una carcajada sin gracia.

—Podrías haberlo dejado en mi escritorio. Mejor aún, podrías haberlo enviado por mensajero. ¿Por qué estás aquí?

—Como te niegas a ver a tu padre, él me envió con este mensaje, y me ordenó que esperara una respuesta.

Kennedy terminó el whisky y se giró para rellenar el vaso.

—Como no tengo ningún deseo de ver a mi padre, ¿qué podría inducirme a leer su carta?

Ella suspiró, luego siguió el crujido del papel y leyó:

—Kennedy, imagino que no te dignarás a tocar un papel que yo he tocado. No importa. Si obligas a Jaqueline a leer esto, será peor para ti. Me estoy muriendo. Pero eso ya lo sabes.

Kennedy sirvió una doble dosis de licor.

—Te he ordenado que te cases —continuó Jacqueline—, pero sigues con tus asuntos como si no tuvieras ninguna responsabilidad hacia mí, el título, o nuestra posición en la sociedad.

Creo que no te has casado (que no lo harás) solo para fastidiarme. Pero no puedo permitir que tu venganza acabe con nuestro linaje. Sé que las amenazas de cortarte mi dinero no tienen sentido. Preferirías vivir en la miseria antes que hacer una sola cosa que te pida. Por lo tanto, no me dejas otra opción.

Kennedy se demoró en deslizar la tapa del decantador hacia atrás.

—Te casarás esta semana—Kennedy soltó la tapa del decantador al terminar la frase—o casaré a tu hermana con Lord Granbury en diez días, en su decimosexto cumpleaños.

Kennedy se dio la vuelta.

—¿Qué demonios?

Jacqueline dijo:

—Hay más: Podrías pensar en irte con tu hermana y esconderla en algún lugar, por lo que ya la he enviado lejos. Nadie más que yo sabe dónde está. Si muero mañana, nadie sabrá dónde buscarla.

Kennedy se quedó mirándola.

—Esto es una locura.

Jacqueline no apartó sus ojos de la carta y continuó:

—No me conformaré con un compromiso. Debes casarte y producir un heredero dentro de un año. Hazlo y te permitiré elegir al marido de tu hermana cuando llegue el momento. Desafíame, y no solo la casaré a ella y a

Granbury, sino que no volverán a casa hasta que ella haya producido un heredero para él.

Kennedy estrelló su vaso contra la chimenea y dio dos pasos hacia Jacqueline.

—Esto apesta a tu obra.

Ella negó con la cabeza.

—Subestimas a tu padre, y sobrestimas mi influencia.

—Los conozco a los dos demasiado bien como para equivocarme con ninguno de los dos—gruñó él.

—¿Qué razón podría tener para querer verte casado?—Ella dejó caer su mirada—. Siempre había esperado...--Ella levantó la cabeza, con los ojos brillando de humedad.

—Por Dios—explotó él—, has perdido tu vocación. Deberías haber sido actriz. Por favor, no finjas que tienes sentimientos tiernos por mí. Esas ilusiones se rompieron el día que te levantaste de mi cama y anunciaste tu compromiso con mi padre—Resopló con sorna—. Supongo que debería agradecerle que se casara contigo. Aunque si hubiera tenido alguna idea de que me estaba salvando de cometer el mayor error de mi vida, estoy seguro de que no lo habría hecho.

Una lágrima resbaló por la mejilla de Jaqueline.

La rabia se apoderó de él. Cruzó la habitación, le agarró la muñeca y la puso en pie de un tirón.

—¿Dónde está Rose?

Ella se encogió y negó con la cabeza.

—No lo sé. Como dice la carta, solo él lo sabe. No se arriesgaría a que te lo dijera —Más lágrimas resbalaron por sus mejillas—. Él sabe que tú y yo somos cercanos.

Kennedy la soltó y retrocedió dos pasos.

—Por supuesto que lo sabe. Por eso se casó contigo.

Ella negó con la cabeza.

—No, él no sabe que fuimos…--Se interrumpió.

—¿Amantes? —se burló él.

—Éramos mucho más que eso —Ella dio un paso hacia él.

Él se apartó, sus pasos vacilaron, y llegó a su escritorio a tiempo para sujetarse, de espaldas a ella.

—Vete, Jacqueline.

—Por favor, Kennedy, no podemos dejar las cosas así entre nosotros.

—No hay un nosotros —dijo él.

Sus faldas crujieron y él se dio cuenta de que ella estaba caminando hacia él. Se giró para encontrarla a tres pasos de distancia. Tenía que alejarse de ella. Kennedy se dirigió a la puerta. Con la mano en el picaporte, volvió a mirarla.

—Te sugiero que esperes para volver a casa con tu marido al menos una hora.

Media hora después, Kennedy golpeó la puerta de la mansión de su padre. La puerta se abrió en dos segundos. En algún lugar de los recovecos de su mente, se dio cuenta de que el lacayo le había estado esperando. Empujó al hombre y subió corriendo las escaleras hasta el dormitorio de su padre. La puerta estaba abierta. Sí, su padre le esperaba. Entró y encontró a su padre en la cama. Una fisión de alarma le atravesó al ver la palidez amarilla de su padre. Tenía mucho peor aspecto que cuando Kennedy lo había visto por última vez hacía un año. Un destino cruel. Hace solo una hora, se habría alegrado de ver el declive de su padre. Ahora, hasta que Rose estuviera a salvo en casa, la enfermedad de su padre le asustaba más que nada en su vida.

El conde dejó a un lado el libro que había estado leyendo y se encontró con la mirada de Kennedy.

—¿Dónde está ella? —preguntó Kennedy.

—Una vez que te hayas casado con una dama apropiada, no con cualquier campesina del campo, y una vez que produzcas un heredero, la traeré a casa— respondió con una voz fuerte que contradecía su apariencia.

Las manos de Kennedy se cerraron en un puño.

—Te mataré por esto.

—Entonces nunca encontrarás a tu hermana.

—No es una niña. Puede encontrar el camino a casa—Pero era una niña. Solo tiene quince años.

La mirada de su padre permaneció fija en la suya.

—¿De verdad crees que te lo pondría tan fácil?

La rabia amenazaba con abrumarlo. Sus pensamientos se mezclaron. Su hermana, con solo quince años, estaba prisionera en algún lugar. ¿Sus carceleros la protegerían?

Kennedy se tambaleó.

—¿Cómo sé que está a salvo?

—Siempre estará a salvo bajo mi cuidado—respondió su padre.

—Tu amenaza de casarla con Granbury demuestra lo contrario—gruñó—. Sabes muy bien que mató a su primera esposa a golpes.

—Eres lo suficientemente inteligente como para saber que los chismes rara vez se parecen a los hechos reales—replicó el conde.

—Soy lo suficientemente inteligente como para saber que la mayoría de los chismes tienen algo de verdad. Si un solo pelo de su cabeza resulta dañado, te mataré.

—Estás amenazando a un moribundo, Kennedy. He hecho las paces con mi muerte inminente.

—Podrías vivir otro año, hasta tres o cuatro. Puedo acabar contigo antes de eso. Puedo acabar contigo esta noche.

—Entonces no volverías a ver a tu hermana.

—¿Qué pasa si mueres antes de que pueda producir un heredero?—Su corazón retumbó.

—Te sugiero que reces por que eso no ocurra.

Kennedy se quedó mirando. Su padre era un bastardo, pero esto iba más allá de cualquier cosa que Kennedy pudiera haber imaginado que el viejo fuera capaz de hacer.

—No puedes mantenerla prisionera para siempre. Ella escapará. Volverá a casa. Tu amenaza no es razonable—Esto último lo dijo más para sí mismo que para su padre.

—Tu hermana no está en Escocia. Escapar es casi imposible. Incluso si lograra escapar por algún milagro, tendría que viajar a casa. No tiene amigos, ni dinero, ni escolta

Las últimas palabras fueron dichas con un énfasis que le dijo a Kennedy que su padre sabía la imagen exacta que había surgido en la mente de Kennedy al pensar en su joven hermana tratando de regresar a casa por su cuenta. Y ella intentaría precisamente eso.

—¿Sacrificarías a tu hija?—susurró—¿Arriesgarla a perderlo todo, posiblemente incluso su vida, solo para obligarme a casarme?

—Ves mis acciones como las de un hombre empeñado en hacerte daño. Yo veo mis acciones como las de un hombre desesperado que intenta preservar su legado.

—¿Legado?—Kennedy se burló—Debería haberlo sabido. Esto no tiene nada que ver conmigo. Te importa un bledo si me caso o incluso si continúo con el título. Esto tiene que ver con que quieres ser recordado—Kennedy soltó un duro suspiro—. Si quisieras vengarte porque yo tuve a Jacqueline antes que tú, te tendría más respeto. Pero esto…--Sacudió la cabeza—. Tienes razón. Estas son las acciones de un hombre desesperado. Eres un mentiroso, padre. Temes a la muerte—Los ojos de su padre se entrecerraron, pero Kennedy no le dio oportunidad de responder—. Me casaré dentro de una semana. Pero con una condición.

Su padre esperó.

—Una vez que confirmes que mi esposa está embarazada, traerás a Rose a casa.

Su padre negó con la cabeza.

—Tu mujer podría perder al niño, y el niño podría no ser un varón. Te conozco lo suficiente como para saber que no volverías a tocarla solo para fastidiarme.

Kennedy se quedó mirando.

—Yo aceptaría los términos, si fuera tú. Ten en cuenta que tengo considerables recursos a mi disposición. Sabes, por supuesto, que en el momento en que deje esta casa, comenzaré mi propia búsqueda de Rose. Si la fortuna me favorece (y a menudo lo hace) y encuentro a mi hermana antes de que mueras, me divorciaré de mi esposa e inmediatamente me pondré a engendrar una serie de bastardos, ninguno de los cuales podrá reclamar tu título —Kennedy le dedicó una fría sonrisa—. Entonces seduciré a tu esposa y engendraré un hijo en ella que no podrá heredar tu título.

Los ojos de su padre se abrieron de par en par.

—No eres capaz de acciones tan ruines.

Kennedy le dio una sonrisa fría.

—Soy capaz de cosas mucho peores. Después de todo, soy tu hijo.

Capítulo Dos

A la mañana siguiente, Kennedy acababa de llamar a su carruaje cuando un lacayo anunció la llegada de un invitado, Sir Stirling James. Kennedy frunció el ceño. ¿Qué estaba haciendo el marqués aquí tan temprano, y sin una cita?

—Hazle pasar—dijo.

Momentos después, el lacayo reapareció y anunció a Sir Stirling James. Kennedy se levantó, rodeó su escritorio y extendió una mano hacia Sir Stirling. Se estrecharon las manos.

—Perdone la intromisión—dijo Sir Stirling, y lo soltó.

Kennedy indicó las sillas y el diván cerca de la ventana. Stirling tomó el asiento y Kennedy se sentó en el diván.

—No es ninguna intromisión—dijo Kennedy—¿Qué puedo hacer por usted esta mañana?

—Creo que es lo que puedo hacer yo por usted—respondió Sir Stirling—. Tengo entendido que necesita una esposa, inmediatamente.

Kennedy parpadeó.

—¿Cómo diablos sabe eso?

Stirling mostró sus dientes blancos.

—La noticia apareció en la sección de chismes de esta mañana.

—No le tomaba por un hombre que lee la sección de chismes—dijo Kennedy.

La sonrisa de Stirling no vaciló.

—Un hombre no necesita leer las secciones de chismes para que le lleguen noticias de esta magnitud.

—¿Cómo demonios ha llegado la noticia tan rápido?—murmuró Kennedy. Luego supo al instante la respuesta. No solo su padre sabía que se presentaría en su casa la noche anterior, sino también que Kennedy capitularía.

Eso no supuso ninguna diferencia.

Kennedy volvió a centrarse en Stirling.

—Perdóneme, pero tengo asuntos importantes esta mañana. Estaba saliendo cuando llegó.

—Sin duda, de camino a proponerle matrimonio a la dama que hayas elegido para casarte.

El hombre era misteriosamente perspicaz. Pero, entonces, tal vez no era tan difícil de adivinar. ¿O lo era? Kennedy lo miró.

—El hecho de que esté a la caza de una esposa no indica de ninguna manera que esté corriendo hacia el altar. Sin embargo, tengo la impresión de que eso es lo que piensa.

—Debes casarte en el plazo de una semana, si he entendido bien.

Kennedy comenzó.

—¿Seguro que eso estaba en las hojas de cotilleo?—Eso sería la ruina para él.

Sir Stirling negó con la cabeza.

—Perdóname, no. La sociedad solo cree que has decidido casarte. Sin embargo, tengo entendido que tu padre te dio una semana para hacerlo.

La ira lo invadió.

—Mi señor, usted y yo no nos conocemos bien. Perdóneme, pero ¿cómo diablos sabe eso?

—Lo mejor que puedo decir es que los sirvientes hablan.

Kennedy maldijo.

—¿Qué tiene que ver todo esto con usted?

Su mente se agitó. Conocía a Sir Stirling solo casualmente. No lo habría considerado como alguien que se dedicara a los chismes, o que se aprovechara de los que estaban en una posición vulnerable. Pero ya se había equivocado antes con los hombres y las mujeres.

—Es bien sabido que no te interesa el matrimonio—dijo Sir Stirling—. Que yo sepa, no hay ninguna dama en particular que te guste.

—¿Y qué?—Preguntó Kennedy.

—Supongo que elegirás a una dama entre tus conocidos para cumplir con las exigencias de tu padre. Sin embargo, conozco a una dama que creo que se ajustará bastante bien a tus propósitos.

Kennedy se quedó sin saber qué responder. De todas las cosas que este hombre podría decir, esto nunca se le había ocurrido. Se sentó.

—¿Cómo es que conoce a alguien que se adaptará a mis necesidades?

—Pura suerte, te lo aseguro. Se trata de una dama que necesita un marido con dinero.

Kennedy soltó una carcajada.

—Esa es una calificación que podría incluir a la mitad de las mujeres de Edimburgo.

Stirling asintió.

—Es cierto. Sin embargo, se trata de una dama que seguramente satisfará a tu padre de una manera que la mayoría de las otras damas no pueden. Es una conclusión obvia decir que a tu padre le gustaría que continuaras con el título. Sin embargo, el conde me parece el tipo de hombre al que le gustaría dejar, digamos, un legado.

Kennedy asintió lentamente.

—Su información es increíblemente precisa.

Una sonrisa se dibujó en la boca de Sir Stirling.

—Se trata más de una impresión que de una información que he recogido. No conozco bien a tu padre. De hecho, solo lo he visto dos veces, y la última vez que lo vi fue hace cinco años en una velada en Londres. Es un hombre que está seguro de su lugar en el mundo, y de la impresión que dejará.

—Casi lo hace parecer noble.

—Es tu padre, y no hablaría mal de...

—No me hago ilusiones sobre la clase de hombre que es mi padre— interrumpió Kennedy.

Stirling asintió lentamente.

—Se preocupa mucho por cómo es visto por el mundo. Si tú y tu hijo llevan su título, cree que una parte de él seguirá viva. No es un sentimiento anormal. Sin embargo, podría considerar que tus éxitos e incluso los de tu hijo son el resultado de sus acciones.

—Es más que eso— dijo Kennedy más para sí mismo que para Stirling—. Incluso ahora, con un pie en la tumba, no puede soportar que la Sociedad lo vea como débil. él tiene que ser la fuerza siempre constante que mantiene el mundo en movimiento.

Stirling sonrió, y Kennedy se sorprendió de la compasión que leyó en los ojos del hombre.

—Qué pena que haya desperdiciado su vida en búsquedas sin sentido, en lugar de preocuparse por la única persona cuyo mundo sí giraba en torno a él, aunque solo fuera por un rato.

Kennedy sintió como si le hubieran dado un puñetazo en las tripas. Lo poco de amor que había quedado después de que su padre lo arrancara del lecho de muerte de su madre y lo enviara a la universidad un año antes de lo previsto, lo había matado cuando se casó con Jacqueline. Kennedy apenas recordaba los días en que había adorado a su padre. Sin embargo, esos sentimientos cortaron como un cuchillo.

—Por supuesto, tu padre asume que elegirás del grupo de damas que conoces.

Kennedy se dio cuenta de que Stirling estaba hablando.

—¿Qué? Oh, sí, debo casarme con una mujer de estirpe. Fue muy claro en ese punto.

—Esta dama cumplirá ese requisito. Ella es, de hecho, la Vizcondesa Kinsley, heredera del título. Su padre murió sin heredero masculino.

—Un segundo título para portar— murmuró Kennedy—. Tiene razón, eso complacería a mi padre.

—Le gustaría aún más si pensara que la idea es suya—dijo Stirling.

Kennedy frunció el ceño.

—¿Qué quiere decir?

—Quiero decir que si tu padre decidiera con quién debes casarte…--Sus palabras se interrumpieron y se encogió de hombros.

En realidad, Kennedy se sorprendió de que su padre no hubiera elegido a su novia.

—¿Cómo llegará mi padre a esa conclusión?—preguntó.

Stirling sonrió.

—Deja eso en mis manos.

—No puedo arriesgarme—dijo Kennedy.

—Por supuesto que no—Stirling se levantó—. Supongo que mañana tendrás noticias de tu padre.

Kennedy se puso de pie.

—¿Cómo piensa hacerle creer que esto fue idea suya?

Stirling se encogió de hombros.

—Muy sencillo, en realidad. Lo único que debe ocurrir es que se entere de la existencia de la dama. No podrá abstenerse de interferir.

* * *

El carruaje redujo la velocidad y Anne divisó por la ventanilla una enorme mansión de piedra. Tenía que estar soñando. Las dos últimas noches había estado despierta buscando un plan que salvara su casa y su familia. Nada por debajo de las diez mil libras esterlinas les garantizaría una oportunidad de sobrevivir. Hace dos horas, recibió una nota. Una citación, en realidad. El conde de Buchanan solicitaba (ordenaba) que se presentara en su casa a las tres con el fin de... A pesar de la presencia de la criada sentada frente a ella, Anne no pudo evitar sacar la nota de su retícula y leerla por enésima vez... concertar los esponsales entre usted y mi hijo, el vizconde Buchanan.

Cientos de preguntas se arremolinaron en su cabeza. ¿Por qué su hijo no podía encontrar una esposa? ¿Por qué el Conde quería casarla con su hijo? ¿Cómo había oído hablar de ella el conde? Era la hija de un vizconde empobrecido que no se movía en sociedad. No recordaba la última vez que su padre había visitado Edimburgo. ¿No había oído el conde los terribles rumores sobre ella? Tal vez sí, pero su hijo no podía conseguir a nadie mejor que una mujer infiel. Su cabeza estaba a punto de estallar de preguntas.

El carruaje se inclinó ligeramente y, al instante, la puerta se abrió. Anne extendió la mano y permitió que el lacayo la ayudara a bajar, y luego él ayudó a su acompañante. Lady Peddington había insistido en que la sirvienta la acompañara. A decir verdad, Anne se alegró de su presencia, aunque su compañera no pudiera ofrecerle ningún consejo.

El lacayo cerró la puerta de la carroza y Anne dio las gracias con un gesto de cabeza, y luego subió con la criada por el pasillo hasta la puerta. Llamó a la puerta. Un momento después, la puerta se abrió y un lacayo las condujo a un gran salón donde se acomodaron en un diván. El corazón de Anne comenzó a latir con fuerza y sus manos sudaron dentro de los guantes. No tenía la menor idea de lo que le esperaba. Cómo deseaba que Lady Peddington hubiera venido con ella, pero otras obligaciones le impidieron acompañar a Anne.

La puerta se abrió y entró un hombre bajo y delgado. Anne se levantó y Molly siguió su ejemplo.

—Soy el señor Spector, mi señora —Se inclinó—. El abogado de su señoría.

Anne miró más allá de él, hacia la puerta abierta.

—Su señoría no estará aquí —dijo—. Está muy enfermo. Yo represento sus intereses.

Anne asintió.

—Oh, perdóneme. Esta es Molly, mi compañera —dijo.

El señor Spector se inclinó de nuevo y dijo:

—Por favor, siéntense.

Volvieron a sentarse en el diván y el señor Spector ocupó la silla situada a la izquierda de Anne.

—Como he dicho, su señoría está enfermo. Desea que su hijo se case de inmediato —El hombre esbozó lo que, según supuso Anne, pretendía ser una sonrisa reconfortante, pero parecía más dolorosa que reconfortante—. Él está dispuesto a ofrecerle un generoso acuerdo.

El corazón de Anne latía con fuerza. Sabía que ese tema surgiría, pero había supuesto que, para cuando lo hiciera, ya tendría una relación lo suficientemente íntima con su futuro marido como para que éste entendiera que su título sería su dote. Pero un hombre en la línea de un condado no tenía necesidad de un título de vizconde.

—Señor, tal vez su señoría no sepa que no tengo ninguna dote que ofrecer, salvo el título que pasará a mi futuro marido.

De nuevo, el hombre ofreció una sonrisa, esta vez casi una mueca.

—Efectivamente, mi señora, el conde es consciente de que no tiene dote. Le complace que su hijo lleve su título. Si se toma un momento y revisa el contrato. Sacó un documento de un bolsillo interior de la chaqueta, lo desdobló y se lo entregó.

Anne inclinó la cabeza en señal de agradecimiento y comenzó a leer. Cuando terminó, estaba más que segura de que estaba soñando. El conde le pagaría cinco mil libras el día que se casaran (que sería dentro de dos días) y otras diez mil libras el día que diera un heredero a su hijo. Además, recibiría mil libras al año para hacer lo que quisiera. Las cinco mil libras eran suficientes para pasar la primera temporada de cosecha.

Sus pensamientos amenazaban con convertirse en un caos, pero forzó el orden y se concentró en una cosa: el dinero. No había ninguna garantía de que tuviera un hijo el primer año. Mil libras al año no servirían para mantener la hacienda, pero otras mil quinientas les ayudarían. Como esposa de un vizconde rico y heredero de un condado, tenía que haber una forma de conseguir más dinero. ¿Pero cómo? No importa. Ya lo descubriría por el camino. No podría conseguir una oferta mejor que ésta.

Miró al Sr. Spector.

—Tengo propiedades al norte de Perth, así como en las Tierras Altas. Esa propiedad permanecerá en mi poder.

—Creo que eso será aceptable, mi señora. Siempre y cuando la propiedad recaiga en su hijo a su muerte.

Ella asintió.

—Mi madre y mi hermana viven en Dover Hall. Permanecerán allí todo el tiempo que deseen.

Él asintió.

—Usted residirá aquí en Edimburgo hasta que tenga un heredero. Después de eso, podrá retirarse al campo, si lo deseas. Por supuesto, su hijo permanecerá aquí en Edimburgo.

Un escalofrío la recorrió. ¿Dejar a su hijo? Ella no había considerado eso. Pero tampoco había pensado en los hijos, más allá de saber que los hijos eran un resultado obvio del matrimonio.

—¿Está diciendo que seré desterrada al campo mientras mis hijos permanecen aquí en Edimburgo?

—No, mi señora. Estoy diciendo que no se le permitiría dejar a su marido y llevárselos al campo.

—¿Ni siquiera para una visita?

—Por supuesto, usted y su marido pueden decidir visitar cualquier lugar que deseen. Pero los niños se criarán aquí en Edimburgo.

Su corazón se hundió. No había pensado en dónde se criarían sus hijos, pero al reflexionar sobre ello, no podía imaginárselos en otro lugar que no fuera Dover Hall. Esto era mucho más complicado de lo que había considerado. Pero entonces, como ahora, solo había pensado en el dinero. Qué tonta había sido al pensar que podía casarse simplemente con un hombre y vivir la vida como quisiera. Tenía que casarse, de eso no había duda. Pero su vida ya no sería suya. Podía visitar Dover Hall y el Castillo Marr, pero incluso eso dependía de la buena voluntad de su marido.

¿Qué opción tenía? En el mejor de los casos, ella, su hermana y su madre durarían un año más antes de que los acreedores se abalanzaran sobre ellas. Si eso ocurría, ninguna de ellas tendría un hogar.

Capítulo Tres

Anne deseaba haber insistido en reunirse con su futuro marido en la iglesia en lugar de aceptar esperar su carruaje en casa de Lady Peddington. Tanto si la recogía a ella y a su familia en casa de Lady Peddington y los acompañaba a la iglesia, como si se reunía con ellos en la iglesia, ya no había vuelta atrás.

Su hermana se agitaba junto a ella en el sofá del salón, y su madre estaba sentada en la silla a su derecha, agarrando un pañuelo, mientras esperaban el carruaje del vizconde.

—Luces terriblemente pálida—dijo la hermana de Anne.

Anne sonrió a Louisa.

—Son los nervios, nada más. Una vez que la ceremonia haya terminado y nos hayamos instalado en nuestra nueva vida, todo irá bien.

—Sé que da igual, pero aun así quiero decir una vez más que ojalá no hubieras hecho esto—dijo Louisa—. Habríamos encontrado otra manera. Ese agradable Sr. Allen ha estado cortejando a mamá. Seguro que cualquier día llega una propuesta de matrimonio.

—El Sr. Allen es un buen hombre—dijo su madre—pero no tiene dinero ni para ser escuchado.

—Entre nosotras tres y él, podríamos haber encontrado una manera—insistió Louisa.

Anne sonrió. La determinación y la esperanza de la juventud. Hace solo un año, había estado llena de ese mismo optimismo.

—He logrado un buen matrimonio—dijo Anne—. Es el heredero de un condado, un condado muy rico. Nunca más tendremos que preocuparnos por el dinero.

—Solo si te da suficiente dinero para ayudarnos a mantener Dover Hall en funcionamiento—dijo Louisa—. Sin mencionar el Castillo Dòmnallach.

—Dentro de dos años, las fincas serán autosuficientes—dijo Anne. Ella se encargaría de eso—. Tú y mamá no tendrán que preocuparse por tener un hogar. Tendrás tiempo para hacer un buen partido, Louisa, y mamá podrá casarse con quien quiera, tenga o no las habilidades necesarias para administrar las fincas. Seguiremos teniendo el control de nuestra propiedad.

—Dover Hall será para tu hijo—dijo Louisa.

—Únicamente tras mi muerte—dijo Anne—. Pero el Castillo Dòmnallach seguirá siendo tuyo.

Al oír el ruido de las botas en el pasillo, Anne dirigió su atención hacia la puerta del salón. Su corazón comenzó a latir con fuerza.

Tranquila, se dijo a sí misma. Mamá y Louisa están aquí. No quieres que te vean asustada.

Las caídas de las botas se acercaron. Las atenciones de su madre y su hermana también estaban fijadas en la puerta abierta. Más cerca. Llegaría en cualquier momento.

Anne apartó la mirada de la puerta, tomó la mano de Louisa y la apretó suavemente. La cabeza de Louisa giró en su dirección.

—Recuerda —susurró Anne— este hombre será tu nuevo hermano. No debemos incomodarlo.

Louisa asintió con la cabeza, pero la preocupación arrugó su frente. Por el rabillo del ojo, Anne vislumbró movimiento en la puerta.

—El vizconde Buchanan ha venido a verla, señora —anunció el mayordomo.

Los ojos de Louisa se abrieron de par en par. Su madre comenzó a levantarse. Anne, que seguía tomando a su hermana de la mano, se puso en pie, tirando de ella, y se enfrentó a su futuro marido.

El mayordomo se apartó y Anne se quedó mirando. Ni en sus mejores sueños habría imaginado que el hombre con el que estaba prometida era...

—Tú —susurró.

—Maldita sea —murmuró él.

Su madre se inclinó. Louisa hizo una reverencia, arrastrando a Anne a una reverencia con ella.

Anne se enderezó y le tendió la mano.

—Es un placer conocerle por fin, mi señor.

Algo parpadeó en los ojos de él. Ella se dio cuenta de que había calculado mal, pero no sabía cómo. Él se acercó, le agarró la mano con sus largos dedos y le rozó los nudillos con los labios.

—No puedo deciros lo encantado que estoy de conoceros, mi señora.

Él seguía agarrando su mano. Ella tiró con más fuerza de la que debía para liberarse. Se giró ligeramente.

—Le presento a mi hermana, Lady Louisa, y a mi madre, la vizcondesa viuda.

El vizconde se inclinó sobre las manos de ambas, y luego dijo:

—Es un placer conocerlas.

—Ha sido muy amable al buscarnos usted mismo, mi señor —dijo su madre.

Él le dedicó una sonrisa cortés.

—Es un placer, y, por favor, señora, llámeme Kennedy.

Su madre inclinó la cabeza en señal de asentimiento y comenzó a responder, cuando Dorothy y Fiona entraron en la habitación. Se detuvieron como si estuvieran sorprendidas, y Dorothy se llevó la mano a la boca.

—Oh, Dios —exclamó Dorothy—. No sabíamos que esta habitación estaba en uso. Perdonen la intromisión.

Se dieron cuenta bastante bien, apostó Anne. Las jovencitas no solían estar en esta parte de la casa a esta hora del día. Pero tanto mejor.

Anne sonrió.

—No es ninguna intrusión, Dorothy. Señoras, les presento al vizconde Buchanan. Mi señor, estas son la Srta. Williams y la Srta. Evans.

Las chicas hicieron una reverencia y el vizconde hizo una ligera inclinación.

—Qué maravilloso es conocerle por fin, milord—dijo Linda—. No tuvimos la oportunidad de conocerlo cuando asistió al baile de Lady Peddington la semana pasada.

Anne se puso rígida. Las pequeñas víboras pensaron que la expondrían a su madre.

—¿Qué baile sería ese?—dijo el vizconde.

—El baile de Lady Peddington, el pasado sábado por la noche—dijo Dorothy.

El vizconde frunció el ceño como si estuviera pensando.

—Ah, sí, creo que me pasé por allí, pero llegué más tarde de lo previsto, durante el baile de medianoche de Lady Peddington.

Anne se quedó mirando. ¿Les estaba echando la bronca por intentar avergonzarla?

Las caras de las chicas se volvieron cenicientas.

—Señor, debe estar equivocado—dijo rápidamente Linda—. No hemos asistido al Baile de Medianoche.

El ceño de Kennedy se frunció.

—Entonces tal vez no era a mí a quien vieron—Se encaró con Anne y su familia—. Perdónenme, pero debemos irnos si queremos llegar a la iglesia a tiempo—Su mirada se dirigió a Anne—¿Tiene algún baúl, mi señora?

—Nada que llevar a la iglesia, señor—respondió ella.

—¿Y usted está vestida para la ceremonia?

Las mejillas de Anne se acaloraron.

—Sí, señor. El encaje es el más fino de toda Escocia y el satén rosa—sonrió—, el rosa es uno de mis favoritos.

—Es un color deslumbrante en ti—dijo él—. ¿Nos vamos?

Asintieron y él se hizo a un lado mientras pasaban junto a Dorothy y Linda y le acompañaban fuera de la habitación. Alcanzó a Anne y su corazón tronó con el temor de que él mencionara su encuentro en casa de Lady Peddington. Sin embargo, no lo hizo y los ayudó a subir al carruaje, que se puso en marcha con un chirrido de las ruedas. Anne notó el calor de su cuerpo. Él siguió siendo un perfecto caballero, pero no hizo ningún esfuerzo por sentarse lejos de ella en su lado del carruaje. ¿Se estaba burlando de ella? ¿Era uno de esos hombres que necesitan que una mujer permanezca cerca de él?

—¿Vives en Edimburgo?

Anne se sobresaltó al oír la voz de Louisa. Para su sorpresa, el vizconde sonrió suavemente a Louisa.

—La mayor parte del tiempo, sí. Tenemos un castillo en Inverness, que solía visitar todos los años.

—¿Ya no?—preguntó ella.

—No tanto como me gustaría—dijo él—. Tal vez te guste visitarlo.

Louisa sonrió.

—En efecto, señor, me gustaría.

Él miró a Anne y el rostro de ella se calentó.

—¿Le gusta Inverness, señora?

—Nunca he estado.

—Es muy hermosa.

¿Había una nota de nostalgia en su voz?

—Usted y su familia son bienvenidos a pasar allí todo el tiempo que quieran.

A Anne se le hizo un nudo en el estómago. ¿Iba a echarlos? El Sr. Spector dijo lo contrario, pero...

Llegaron a la iglesia y entraron en el vestíbulo. Anne solo vislumbró a cuatro personas sentadas en los bancos antes de que una joven hiciera pasar a su madre y a su hermana a la capilla, dejando a Anne sola en el vestíbulo con el vizconde.

—Muy astuta—dijo él en voz baja una vez que estuvieron fuera del alcance del oído.

No tuvo que explicarlo, ella sabía exactamente a qué se refería.

—No sabía que eras el hombre que conocí en el baile de Lady Peddington—dijo ella.

Él soltó una carcajada sin gracia.

—La coincidencia es demasiado, bueno, coincidencia. No te creo.

Ella dejó escapar un suspiro frustrado.

—¿Cómo podría haber organizado esto? Tu padre se puso en contacto conmigo. No lo conocía.

La duda parpadeó en sus ojos.

—¿Conoces a Sir Stirling James?—preguntó.

Ella frunció el ceño.

—¿A quién?

—No importa—dijo él—. Supongo que no importa.

Su tono decía que sí importaba. El murmullo de las voces les llegó desde la capilla.

—Cuando te vi en el baile, no parecías un hombre desesperado por casarse— dijo ella.

—¿Cómo actúa un hombre que está desesperado por casarse?—preguntó él— Cualquier deseo de casarse tuvo poco que ver con que yo estuviera en ese baile.

Ella volvió a resoplar.

—Eso es lo que creo.

Él le dirigió una mirada crítica.

—Tus acciones no fueron las de una mujer interesada en el matrimonio.

—Te basas en chismes infames.

—Difícilmente. Me baso en el hecho de que negociaste conmigo una noche en tu cama.

Ella levantó las cejas.

—Pensé que era una noche en tu cama.

La boca de él se movió en lo que ella comprendió que era diversión, pero el humor se desvaneció casi tan rápido como llegó.

—Déjame ser muy claro en un punto importante. No aceptarás amantes hasta que tenga un heredero y un remplazo.

La furia la invadió.

—Supongo que la misma regla no se aplica a ti.

Una fría sonrisa se dibujó en su rostro.

—Los hijos bastardos de un hombre nunca serán confundidos con sus herederos.

—Entonces los votos que vamos a hacer no significan nada para ti.

—Al contrario, significan mucho para mí. Tú y nuestros hijos tendrán mi protección y mi apoyo.

—Pero no tu lealtad —replicó ella.

—No se equivoque, mi señora, la verdadera lealtad tiene lugar fuera del dormitorio.

* * *

El sacerdote entró en el vestíbulo, y Kennedy se giró hacia él.

—Cuando estén listos, mi señor, mi señora —dijo.

Kennedy asintió y el sacerdote volvió a la capilla.

Kennedy miró a su futura esposa.

—¿Vamos? —Alargó el brazo hacia ella.

Ella deslizó su mano en el pliegue de su brazo y él la condujo al santuario y al altar. Solo había media docena de personas sentadas en los bancos, incluidas la hermana y la madre de Anne. El abogado de su padre se sentó junto a Jacqueline en el banco delantero izquierdo. Kennedy no se sorprendería de encontrarla fuera de sus aposentos con la oreja pegada a la puerta, para poder confirmar la consumación del matrimonio. Otro hombre se sentó en el tercer banco. Sir Stirling James. Stirling le dedicó una inclinación de cabeza casi imperceptible cuando pasaron. Después de la ceremonia, Kennedy hablaría con él. Quería saber cómo Stirling conocía a Anne, y cómo había informado a su padre de su existencia.

Llegaron al altar. Anne se liberó de la mano y se volvió hacia él.

Dios, estaba a punto de casarse con una mujer que solo la semana pasada había trocado con él sus encantos. Ella era encantadora, no había duda de eso, pero él podría buscar la cabeza de su padre por esto.

Kennedy se paseó por la ceremonia como un hombre en un sueño. Cuando el sacerdote pidió los anillos, Kennedy deslizó en su dedo el anillo de diamantes y rubíes que había sido de su madre. Ella puso en el dedo de él una simple banda de oro. Eso, se sorprendió al admitirlo, le quedaba bien. El sacerdote los declaró marido y mujer y le pidió a Kennedy que besara a su esposa. Él deslizó un brazo alrededor de su delgada cintura y la acercó más de lo previsto. Ella le abrazó los hombros y él vislumbró sus ojos cerrados en el instante anterior a que su boca tocara la de ella.

Como él sabía que sería, sus labios carnosos eran suaves y cálidos. El abrazo duró tres latidos. Ella se retiró antes que él, y el sacerdote los condujo al registro. Firmaron, pero Kennedy no sintió ningún alivio a pesar de haber dado el primer paso para cumplir con las exigencias de su padre. A menos que la búsqueda de su hermana tuviera éxito, le esperaban al menos tres meses de infierno, y eso solo si era capaz de embarazar a su esposa de inmediato. ¿Qué haría si resultaba que ella era estéril o, peor aún, que él no podía engendrar un hijo?

No pudo evitar una risa mental. Durante todos estos años, había tenido cuidado de no engendrar un hijo. Si hubiera sido descuidado (o afortunado, según cómo se viera el asunto) y hubiera engendrado un bastardo, al menos sabría que era capaz de tener hijos.

De repente, a su mujer la abrazaron su madre y su hermana. Se vio obligado a permitir que Jacqueline le besara la mejilla, y ella hizo lo mismo con Anne, su hermana y su madre. El Sr. Spector estrechó la mano de Kennedy. Kennedy miró de nuevo los bancos, pero Sir Stirling se había ido.

Cuarenta y cinco minutos más tarde, estaban sentados en la mesa del comedor de su casa, participando del banquete de bodas. Kennedy habría enviado de buena gana a Jacqueline a casa, pero ella se sentó a su izquierda, mientras que su esposa se sentó a su derecha. Es probable que no olvidará este día por el resto de su vida.

—¿Nos visitará en Dover Hall, mi señor?— le preguntó Lady Louisa.

Él levantó la vista de su plato y le sonrió.

—Te lo ruego, llámame Kennedy. Ahora somos familia, soy tu hermano.

Ella sonrió.

—Entonces debes llamarme Louisa.

Él asintió.

—Gracias, Louisa. En cuanto a tu pregunta, planearemos un momento para visitar Dover Hall. Por ahora, tengo negocios que me mantienen en Edimburgo. Por supuesto, tú y tu madre son bienvenidas a quedarse con nosotros todo el tiempo que quieran.

—Es muy amable de su parte—dijo la vizcondesa viuda—. Desgraciadamente, debemos volver a casa mañana—Sonrió—. Al igual que usted, los negocios me llaman.

Se preguntó qué negocios tendría la vizcondesa viuda, pero dejaría esa pregunta para otro día.

—Por supuesto, lo entiendo.

—Quizás tengamos la suerte de que sus negocios concluyan en un futuro no muy lejano, para que pueda venir a visitarnos—dijo ella.

Kennedy no tenía intención de ir a ningún sitio hasta que naciera su hijo. Pero sonrió y dijo:

—Quizás.

—Anne siempre puede venir a visitarnos también—dijo Louisa.

Kennedy no tenía intención de permitirle ir a ningún sitio hasta que tuvieran un hijo, pero, de nuevo, dijo:

—Quizás, aunque puede que quiera mantenerla para mí durante un tiempo.

Ese comentario le valió una mirada de sorpresa de su esposa. No la conocía bien (en realidad, no la conocía en absoluto), pero tenía la sospecha de que el silencio no era su estado normal, y se preguntó si debía preocuparse.

—¿Pasa usted mucho tiempo en Edimburgo, mi señora?—Jacqueline preguntó a la vizcondesa viuda.

—No, el manejo de Dover Hall demanda la mayor parte de mi tiempo.

Kennedy llevó un trozo de faisán a su boca. ¿Era este el negocio del que hablaba? El manejo de una finca puede monopolizar el tiempo de uno.

—Seguramente pasarás más tiempo aquí ahora que Anne y Kennedy están casados. ¿Está segura de que no puede quedarse otros dos días? Estamos planeando un baile en honor a los recién casados mañana por la noche.

Kennedy dirigió su mirada a Jacqueline.

—No sé nada de esto.

—Tu padre quería que fuera una sorpresa, y teníamos que asegurarnos de que los preparativos estaban en orden antes de decir nada. Me complace decir que hemos enviado doscientas invitaciones.

Kennedy frunció los labios.

—¿No se le ocurrió a mi padre que podríamos tener planes?

Ella esbozó una suave sonrisa, una sonrisa de madre, que habría engañado a cualquiera excepto a él.

—Tu padre no estará mucho más tiempo con nosotros, Kennedy. ¿Le negarías algo tan simple?

—Parece que no puedo negarle nada.

Anne le lanzó una mirada de asombro y Kennedy se dio cuenta de que no había pronunciado una sola palabra en todo el desayuno.

Jacqueline le puso una mano en el brazo.

—Kennedy, tu padre quería que te dijera que te enviará un regalo de bodas.

La mirada de Anne se dirigió a la mano de Jacqueline en su brazo. Kennedy maldijo interiormente. Había tenido la intención de mantener su vida separada de su matrimonio. Jacqueline, sin embargo, tenía claramente otras ideas.

Capítulo Cuatro

Anne se ciñó el chal sobre los hombros y se paseó por la alfombra frente a la chimenea baja de su dormitorio. Era virgen, pero no ignoraba lo que ocurría entre un hombre y una mujer. Sin embargo, no era eso lo que la tenía en vilo. Bueno, no solo eso, en todo caso. Parte del problema (una gran parte del problema) era que su marido le parecía atractivo. Sería mucho más fácil que su matrimonio de conveniencia siguiera siendo una conveniencia y nada más. Para empeorar las cosas, él creía que ella era una mujer libertina. Pero, ¿era eso realmente lo peor? No le había extrañado la forma en que su madrastra le puso la mano en el brazo. El gesto era íntimo, de amantes. Seguro que su marido no tenía una aventura con la mujer de su padre.

Se detuvo y se dejó caer en la silla frente a la chimenea. ¿Por qué no había tenido la suerte de casarse simplemente con un hombre bajito y regordete con mal aliento? En cambio, se casó con un hombre que podía rivalizar con los dioses. Estaba claro que él no tenía intención de serle fiel, y no es que ella hubiera pensado mucho en ello. Pero prefería no verse envuelta en un drama familiar que los llevara a las páginas de cotilleo. Si se hubiera casado con aquel hombre bajito y regordete de mal aliento, lo más probable es que él hubiera tenido pocas oportunidades de serle infiel.

Apoyó los codos en las rodillas y la barbilla en las manos. Era una idiota. Cualquier hombre con dinero podía encontrar una mujer que se abriera de piernas para él. ¿Por qué, en nombre de Dios, le importaba? Aún no había consumado su matrimonio y ya le preocupaba que su marido tuviera una amante. Sin duda, el vizconde tendría una serie de mujeres a lo largo de su matrimonio. Se ahorraría una gran pena si no le daba más vueltas al asunto. Solo esperaba que su madrastra no estuviera entre esas amantes.

Lo que importaba ahora era el dinero que recibiría al procrear un heredero. Ese intento comenzaría esta noche. Deseaba tener un poco de tiempo para sentirse cómoda en su matrimonio antes de tener un hijo. Incluso un matrimonio de conveniencia llevaría algún tiempo para acostumbrarse. Pero ahora no tenía el lujo de disponer de más tiempo que hace una semana.

Sonó un golpe en la puerta lateral y se sobresaltó. Dios mío, ¿qué era eso? La puerta que comunicaba sus habitaciones con la cámara del señor, se dio cuenta. Su corazón comenzó a latir rápidamente. Otro golpe.

Se puso de pie.

—Adelante.

La puerta se abrió y el vizconde entró. Llevaba una bata de seda ceñida a la cintura. La carne bronceada era visible en la V de su cuello. Incluso estaba descalzo. ¿Estaba desnudo bajo la túnica? Nunca había estado a solas con un hombre en semejante estado de desnudez.

—¿Se han instalado tu madre y tu hermana? —dijo él.

Anne asintió.

—Sí, gracias. Y gracias por tenerlas aquí.

—Esta ahora es su casa —dijo él—. Son bienvenidas en todo momento.

Ella asintió, él no dijo nada y ella tuvo la sensación de que él simplemente quería dar la noche por terminada. Ella recordó la conversación en el baile de Lady Peddington y su insinuación de que una noche con él sería una noche bien utilizada. Extrañamente, parecía que él había perdido su fanfarronería.

—¿Por qué me eligió tu padre para casarme contigo? —preguntó ella.

Él dudó y luego dijo:

—Quería tu título.

Anne frunció el ceño.

—¿Por qué iba a querer mi título? Él es un conde. Mi título no tiene sentido.

—Pero no es insignificante. Es otra pluma en su gorra. Hizo un partido para mí que trajo consigo un estatus elevado en la sociedad.

—Tu padre está enfermo. ¿Por qué iba a preocuparse por esas cosas?

Soltó una carcajada sin gracia.

—Mi padre seguirá preocupándose por esas cosas en la tumba. Tiene un deseo insaciable de poder y estatus.

—¿Haría que te casaras con una mujer empobrecida solo porque podrías asumir el título de vizconde?

—Mi título actual de vizconde Buchanan es de cortesía, porque soy su hijo. Eso ya no es así. Ahora soy el vizconde Kinsley, y con ello vienen todos los privilegios y el estatus, junto con las propiedades que tú posees.

Se puso tensa.

—Informé al abogado de tu padre que la propiedad que mi padre poseía seguiría siendo mía. Dover Hall será para nuestro hijo, pero el castillo Dòmnallach seguirá siendo de mi hermana.

Asintió con la cabeza.

—No tengo intención de tomar posesión de tus propiedades. Solo te estoy explicando la motivación de mi padre. Cuando mi padre muera, seré el sexto conde de Buchanan y vizconde Kinsley —él levantó una ceja—. Muy impresionante, ¿no te parece?

Anne notó el sarcasmo en su voz.

Su expresión se volvió especulativa.

—Ya te he explicado por qué te eligió mi padre. Ahora, explica por qué aceptaste casarte conmigo.

Ella se encogió de hombros.

—Creo que eso debería ser obvio. Necesito dinero.

—Por eso un brazalete de doscientas libras no valía la pena por una noche conmigo—dijo él.

Ella asintió. Era inútil fingir lo contrario.

—Tu padre está muy ansioso por tener un nieto.

—Tan ansioso, que le ofrecería cinco mil libras una vez que nazca uno. Eso es el rescate de un rey comparado con un mísero brazalete de doscientas libras.

Él casi sonó ofendido.

—Nuestro matrimonio es un acuerdo comercial—dijo ella—.¿Preferirías que quisiera amor?

Él hizo una mueca y dijo:—Dios no lo quiera—con tal fervor que ella se preguntó si debía ofenderse.

Pero ella dijo: —Entonces estás de suerte—con más énfasis del que pretendía, y maldijo su temperamento—. Tengo una familia que cuidar. Por eso me casé contigo. Necesitas un heredero y tu padre quería otro título. Una pareja perfecta—Ella lo miró—.¿Por qué permitiste que tu padre eligiera a tu novia?

—Él quería que me casara inmediatamente y yo no tenía ninguna preferencia.

—Qué triste —murmuró ella.

—¿Tú crees? —dijo él— ¿Debe un hombre estar siempre enamorado?

Anne negó con la cabeza. Esta vez le había ofendido.

—Un hombre no necesita estar enamorado para tener al menos una amiga que pueda elegir como esposa.

—Al contrario, he pensado mucho en el tipo de marido que necesito.

—Tu único requisito era que tuviera suficiente dinero para mantener tus hogares ancestrales.

¿Intentaba hacerla enfadar? Por una vez en su vida, no podía irritarse tan fácilmente. Ella asintió lentamente.

—Sí, solo tenía un requisito: tenía que tener dinero. Pero parece que tú no tenías ningún requisito.

—Ahí es donde te equivocas, mi dulce. Mi único requisito era que mi padre lo aprobara.

—Quizás tú y yo no seamos tan diferentes —dijo ella—. Un hombre de tu posición y riqueza, permitiría que su padre eligiera a su esposa por una sola razón. ¿Amenazó con dejar de mantenerte? —Ella no pudo evitar sonreír—. No tengas miedo, mi señor. Admiro a un hombre que sabe lo que quiere y no tiene miedo de perseguirlo.

* * *

Kennedy miró a su esposa por un momento con sorpresa, luego echó la cabeza hacia atrás y se rió.

—Al menos no me aburriré contigo, querida— Su diversión desapareció—. Tal vez mi padre me hizo más bien de lo que creía.

Ella alzó las cejas.

—Nunca digas eso como un cumplido, señor.

Él se rió.

—Un hombre debe dar el crédito debido. Sin embargo, creo que puedo guardarme eso para mí. Mi padre no tiene por qué saberlo.

—¿Cuándo lo conoceré?—preguntó ella.

—Por Dios, nunca, si tengo algo que decir al respecto.

—Seguramente querrá conocerme—dijo ella.

—Si fuera un padre normal, sí. Pero no lo es. Querrá ver a nuestro hijo cuando nazca.

Las mejillas de ella se enrojecieron de forma muy bonita, y él se dio cuenta de que era mejor que siguieran con los asuntos de la noche. Su cabello oscuro le caía por encima de los hombros. Él dio dos pasos hacia su lado, luego le quitó suavemente el chal de los hombros y lo tiró a un lado. Llevaba un práctico camisón de lino que no ocultaba del todo las puntas rosadas de sus pechos. Su polla empezó a levantarse. Sí, no tendría problemas para acostarse con esta mujer. Cuando le pasó un brazo por la cintura y la acercó, ella se apartó de él.

Él la miró.

—Los maridos suelen mostrar su gratitud con joyas.

La boca de ella se abrió con sorpresa, luego sus ojos se entrecerraron y él se dio cuenta de su error. "

—Qué amable eres al mostrar tu gratitud a tu mujer con joyas. ¿Te importa que yo demuestre la mía vendiéndolas?

Él parpadeó sorprendido, esperaba enfadarse, pero tuvo que reírse de nuevo.

—¿Siempre eres tan deliciosamente sincera?

—Sí —dijo ella sin dudar, y él se rió más.

Kennedy se vio obligado a soltarla o a reírse en su cara. Quizás la risa era una respuesta retardada de la histeria. O quizás simplemente era divertida.

¿Cómo iba a hacer el amor con una mujer que le hacía reír? Solo había una respuesta. Dio un paso, la acercó y la empujó contra él, y la besó. Ella emitió un chillido de sorpresa. Por un instante pensó que volvería a reírse, pero entonces ella se derritió contra él y la risa desapareció. Ella le agarró los hombros como lo había hecho cuando la besó en la ceremonia, pero esta vez, el calor de sus dedos penetró en la fina tela de su bata de seda. Cuando ella apretó el fornido músculo, él se preguntó qué sentirían los dedos de ella alrededor de su duro miembro.

Él le pasó la lengua por los labios. Ella vaciló y luego se abrió para él. Kennedy deslizó su lengua dentro de la boca y la lengua de ella tocó la suya con cautela. Una sacudida de deseo le apretó su escroto. La mujer podía fácilmente poner a un hombre de rodillas. Un pensamiento lo golpeó. Dijo que su desesperación por casarse se debía a la necesidad de cuidar de su familia, pero ¿y si era algo más? ¿Y si estaba embarazada de otro hombre?

Quiso reírse de nuevo, solo que esta vez el humor era oscuro. A su padre le vendría bien que el heredero de Kennedy fuera el hijo de otro hombre. Kennedy, sin embargo, no estaba seguro de que le gustara la idea. Dejó de lado la idea. Si ya estaba embarazada, eso solo significaba que Rose volvería a casa pronto.

Kennedy deslizó su mano por la espalda de ella y por la curva de sus firmes nalgas. Ella respiró con fuerza cuando él onduló suavemente su erección contra su vientre. Él rompió el beso y deslizó su boca a lo largo de su mejilla hasta su oreja. Cuando se llevó el lóbulo de la oreja a la boca y lo mordisqueó, ella se agitó en su mano y él se dio cuenta de que la deseaba, y mucho.

La tomó en sus brazos y cruzó hasta la cama. Cuando la tumbó en el colchón, su pelo se abanicó alrededor de su cara, tal y como había imaginado aquella primera noche. Era realmente encantadora. No podía culparla si llevaba el hijo de otro hombre. ¿No le había dicho que una mujer tenía tanto derecho como un hombre a ocuparse de sus placeres? Sin embargo, una mujer de su posición podría considerar prudente dar primero un heredero a su marido. Por lo que él sabía, ése había sido su plan. Tal vez había estado comprometida y el hombre la dejó plantada. En cualquier caso, podría haber hecho algo mucho peor.

Con una floritura, tiró de la corbata de su bata y se la quitó de la espalda, y luego se echó encima de ella. Sus suaves curvas se amoldaron a su cuerpo como si estuvieran hechas para él. Le sujetó la cara entre las manos y la besó suavemente. Lentamente, ella deslizó las manos por sus hombros y le rodeó el cuello con los brazos.

Él dejó de besarla y deslizó su boca hacia abajo, a lo largo de su mandíbula, su cuello, hasta la elevación de sus pechos y, finalmente, hasta el pezón que ahora presionaba contra la tela de su camisón. Tomó un pezón en la boca y lo chupó. Ella respiró con fuerza. El deseo lo recorrió.

¿Cuándo fue la última vez que una mujer lo había excitado tan rápidamente? ¿Jacqueline? Empujó su verga contra el abdomen de ella. Ella le sujetó el cabello. Él soltó una carcajada y se dirigió a su otro pecho. Había algo que decir sobre casarse con una mujer que sabía lo que quería.

Tenía que quitarle ese maldito atuendo de encima.

Kenney se levantó sobre sus brazos y la miró.

—¿Qué dices, cariño? ¿Estás preparada para quitarte esa blusa?

Las mejillas de ella se colorearon y Kennedy se rió, luego rodó sobre el colchón a su lado. Él se colocó las manos debajo de la cabeza.

—Adelante, yo miraré.

Ella abrió la boca.

—¿Quieres mirar mientras me desnudo?

Él se encogió de hombros.

—¿Por qué no? Te dejé mirar mientras me quitaba la bata.

El rubor de ella se intensificó.

—Sí, pero tú eres... eres, y yo soy...--Se interrumpió.

—No hay necesidad de ser tímida conmigo, amor—dijo él—. Ya te lo he dicho. No me importa que seas una mujer que ya ha buscado sus placeres.

Ella parpadeó, luego la furia jugó en sus rasgos, y él se dio cuenta de su error. Kennedy se puso de pie y la alcanzó, pero demasiado tarde.

Ella se bajó de la cama y retrocedió dos pasos.

—Si crees que soy una mujer libertina, ¿por qué te casaste conmigo?—Antes de que él pudiera responder, ella continuó—. Oh, sí, por supuesto. Lo había olvidado. Tu padre te ordenó que te casaras, y eso es lo único que importa.

Una furia de respuesta lo azotó y Kennedy se empujó de la cama para ponerse de pie. Los ojos abiertos de par en par de ella se dirigieron a su erección, que sobresalía hacia arriba como una barra de acero.

—Sí, señora, producir un heredero es todo lo que importa. Al igual que la necesidad de dinero es lo único que te importa.

—Gracias al cielo por eso—replicó ella—. De lo contrario, estaría decepcionada.

—Entonces eres una de esas mujeres que esperan el amor—dijo él.

—¡Ja!—estalló ella—Por suerte, yo no sufro ese mal.

Un extraño dolor apuñaló el corazón de él.

—Entonces no te importará que siga como siempre.

—y yo también—Ella arqueó una ceja—. Dijiste que admirabas a una mujer que sabía lo que quería y no temía perseguirlo.

—No perseguirás tu placer hasta que yo tenga un heredero.

—Ese no es un punto contemplado en el contrato matrimonial.

Él sabía que ella estaba enfadada, sabía que la discusión se le había ido de las manos, pero no pudo evitar decirlo.

—Ponme a prueba en esto, querida, y verás a tus amantes encontrándose conmigo en una cita al amanecer—Con eso, abandonó la habitación.

* * *

Anne dio gracias cuando entró en la sala de desayunos a la mañana siguiente y encontró a Kennedy ausente. Su madre y su hermana estaban tomando café, y ella se deslizó en la silla frente a su madre.

—Buenos días, mamá. Louisa. ¿Cómo han dormido?

—Muy bien—respondió su madre.

Anne mantuvo los ojos en su taza mientras servía el café.

—He dormido con mamá—dijo Louisa—. Esta casa tiene ruidos que la nuestra no tiene.

Anne sonrió.

—Creo que es más exacto decir que Dover Hall tiene ruidos, mientras que la casa de su señoría es demasiado silenciosa.

—¿Su señoría? —dijo su madre.

Anne suspiró para sus adentros. Su madre suele darse cuenta del más mínimo desliz.

—Tardaré algún tiempo en acostumbrarme a llamarle por su nombre de pila —dijo Anne.

—Mmm —entonó su madre mientras levantaba la taza.

Anne bebió un buen trago de su café y no respondió a su madre.

—Hemos decidido quedarnos dos días más— dijo su madre.

Anne levantó la vista.

—¿Por qué?

—Parece que te decepciona que nos quedemos —dijo Louisa.

Anne negó con la cabeza.

—No, en absoluto. Solo me sorprendió, eso es todo.

Sin embargo, no estaba segura de que eso fuera cierto. Se sentía extrañamente cohibida con su madre y su hermana aquí.

—Hemos recibido una invitación personal del padre de Kennedy para asistir al baile de esta noche —dijo su madre.

—Fue muy amable de su parte —respondió Anne, pero se preguntó si su marido sentiría lo mismo.

—Solo tengo el único vestido que he traído—dijo Louisa.

Anne oyó la esperanza en la voz de su hermana. A sus catorce años, Louisa no solía asistir a fiestas. Pero esta fiesta se celebraba en honor a la boda de su hermana. Por supuesto, ella los acompañaría. Su presencia sería una buena excusa para que Anne se fuera antes.

—No hay tiempo para coser—dijo Anne.

Louisa asintió, pero el entusiasmo en sus ojos se atenuó, y el sentimiento de culpa se apuñaló cuando Louisa dijo:

—Por supuesto. El vestido que tengo servirá bastante bien.

Estaba recién casada con un vizconde rico y le preocupaba gastar dinero en vestidos para su hermana. ¿Se atrevía a gastar su dinero?

Anne se levantó y se dirigió a la puerta y tiró del timbre. Volvió a sentarse y un momento después entró la criada.

—¿Cómo te llamas?—preguntó Anne.

La chica miró nerviosa por la habitación.

—Emma, mi señora—dijo, e hizo una reverencia.

Anne sonrió para tranquilizarla.

—Emma, ¿puedes decirle al ama de llaves que me gustaría verla?

Los ojos de la chica se abrieron de par en par, hizo una reverencia y dijo:—Sí, mi señora—

. Se dio la vuelta y salió a toda prisa de la habitación.

La madre de Anne la miró con curiosidad, pero no dijo nada. Anne llenó su plato de huevos y jamón y comenzó a comer.

Unos minutos más tarde, entró una mujer baja y delgada de unos cincuenta y cinco años.

—¿Ha pedido verme, señora?

Anne sonrió.

—¿Puedo preguntarle su nombre, señora?

La mujer pareció sorprendida, pero dijo:

—Sra. Hampshire.

—Es un placer conocerla, Sra. Hampshire. Esta es mi madre, Lady Kinsley, y mi hermana, Lady Louisa.

La Sra. Hampshire hizo una reverencia y luego miró a Anne expectante.

—Señora Hampshire, ¿conoce por casualidad una tienda de vestidos donde mi hermana pueda comprar uno para el baile al que vamos a asistir esta noche?

—Pues sí, señora, conozco varias tiendas de vestidos muy bonitas en el centro.

Anne sonrió.

—Cuando tenga un momento, si pudiera anotar las direcciones, se lo agradecería.

—Por supuesto, señora. ¿Hay algo más?

—Sí, ahora que lo menciona. ¿Puede decirme cuál sería la mejor hora para ir a una de las tiendas de vestidos?

—No antes de la una, mi señora. Podría empezar por la tienda de la señora Gerard. Es conocida por abrir antes que muchas de las otras tiendas y he oído decir a las damas que les gusta su trabajo.

—Es perfecto, muchas gracias, señora Hampshire—dijo Anne—. ¿Con quién hablo para que el carruaje esté listo a la una?

—Con el mayordomo, el Sr. Bingham—dijo ella—. Puedo indicarle que tenga el carruaje listo para usted, señora.

—Muchas gracias, Sra. Hampshire.

El ama de llaves hizo una reverencia y Anne dijo:

—Señora Hampshire, no es necesario ser tan formal. Se agotará con ello.

La Sra. Hampshire sonrió.

—Gracias, mi señora. Si no hay nada más...

—Ha sido usted muy útil, gracias. Eso es todo—dijo Anne.

El ama de llaves se marchó, y Anne miró a Louisa.

—¿Crees que puedes estar lista a la una para ir de compras?

Louisa se levantó de su asiento, corrió alrededor de la mesa y se lanzó a los brazos de Anne.

Las lágrimas se le agolparon en los ojos.

Por eso me casé con un desconocido.

Capítulo Cinco

Kennedy se detuvo ante la puerta de la oficina y llamó.

—Adelante—dijo el hombre que estaba dentro.

Kennedy abrió la puerta y entró. Un hombre grande que se sentaba detrás del escritorio levantó la vista y sonrió—Llegas pronto—. Se levantó y estrechó la mano de Kennedy cuando llegó al escritorio.

—Esto es importante, John.

John señaló con la cabeza la silla frente a su escritorio. Kennedy se sentó mientras John retomaba su asiento.

—Han pasado nueve días, Kennedy. Toda una vida para ti, lo sé. Pero una mera miseria para mí.

El pecho de Kennedy se contrajo.

—Supongo que no hay pistas sobre su paradero.

Las cejas de John se levantaron.

—No he dicho eso.

Kennedy se sentó en su silla.

—¿Tienes algo?

John apoyó los brazos en su escritorio y juntó las manos.

—Tu hermana y su criada, Sarah, dejaron la finca de tu padre a las ocho, la noche antes de que te pusieras en contacto conmigo.

—¿Qué? ¿Quiere decir que mi padre acababa de despedirla? Si hubiera estado en casa en lugar de salir a un maldito baile, habría ido a verlo mucho antes y tal vez...

—Tal vez nada—cortó John—. Ya sea una hora o un día, a menos que tu carruaje se cruzara con el de ella en la calle, simplemente no podrías haberlo sabido.

John tenía razón, por supuesto. Pero seguía siendo un trago demasiado amargo. No llevaba más de una hora cuando Jacqueline llegó a su casa. Volvió a centrarse en John.

—¿Hay algo más, cualquier cosa? ¿Cómo descubriste esto?

John se recostó en su silla y esbozó una amplia sonrisa.

—Por mucho que lo intenten los nobles, nunca podrán ocultar nada a los criados. ¿Has considerado alguna vez la posibilidad de que al hacer a tus sirvientes invisibles para el mundo, tú mismo dejes de verlos?

—Basta de desvaríos filosóficos—dijo Kennedy—. Eres muy consciente de que no soy partidario de tratar a mis sirvientes como si no fueran humanos. Así que interrogaste a los sirvientes. ¿Qué más averiguaste?

—Parece que tu padre decía la verdad cuando dijo que Rose ya no está en Escocia. Ella se llevó tres grandes baúles, el tipo de baúles que uno podría llevar en un barco.

—Francia—susurró Kennedy.

—Esperemos que así sea. Si se tratara de las Colonias…--su voz se interrumpió.

Kennedy sacudió la cabeza.

—No conocemos a nadie en América. A pesar de la bravuconería de mi padre, se aferra a la vida como un hombre colgado de un acantilado por las uñas. En algún lugar de los recovecos de su mente enferma, cree que engañará a la muerte por un tiempo. Si produzco un heredero en los próximos nueve meses, y Rose no vuelve a casa sana y salva, sabe que lo mataré.

—¿Tienes amigos, asociaciones, de algún tipo en Francia?—preguntó John.

Kennedy asintió.

—Sí, muchos, incluso algunos parientes lejanos. Pero él sabe que no debe enviar a mi hermana a ninguno de ellos. Sin embargo, se aseguraría de que hubiera alguien cerca que pudiera ayudar con cualquier problema. También querría saber si surgiera algún problema.

John asintió lentamente.

—Exactamente lo que pienso. Por eso tengo a un hombre vigilando a Chesterfield en todo momento.

Kennedy dejó a John con esta tarea, seguro de que había contratado al hombre adecuado para ayudar a encontrar a su hermana. Era la lógica de John, junto con el hecho de que fue él quien había cerrado la puerta cuando Kennedy había decidido comenzar la búsqueda de Rose por sí mismo. John era uno de los pocos hombres que conocía lo suficientemente grande como para detenerlo. También era uno de los pocos hombres que Kennedy conocía que tenía sentido cuando argumentaba un caso. Había tenido razón, por supuesto. La primera orden del día de Kennedy era casarse con una mujer y conseguir que tuviera un hijo. Con toda probabilidad, una vez que tuviera éxito, su padre realmente traería a Rose a casa. Kennedy aún no estaba seguro de que la traería a casa antes de que naciera un niño, a pesar de las demandas de Kennedy. Sin embargo, una vez que Anne estuviese embarazada, Kennedy podría unirse a la búsqueda de su hermana.

Kennedy volvió a casa esa tarde para encontrar a su esposa, su madre y su hermana fuera. Cuando interrogó al personal, se enteró de que habían ido a comprar vestidos. Para una mujer tan necesitada de dinero, ciertamente no le importaba gastarlo en cosas frívolas a la primera oportunidad.

Se dirigió a su despacho y se lanzó a trabajar, esperando olvidar su incapacidad para ayudar a su hermana. Todavía no se había acostado con su mujer. Se estremeció al recordar la discusión de la noche anterior. Se había equivocado por completo. Una vez que se calmó su rabia, reconoció la sorpresa en la cara de ella cuando vio su erección. Esa mirada pertenecía a una mujer que nunca había visto la excitación de un hombre.

No había querido insultarla, pero lo decía en serio. La anticuada idea de que un hombre podía buscar placer cuando y donde quisiera, mientras que una mujer estaba obligada a permanecer casta, era ridícula. Jacqueline no había sido virgen, y a él no le había importado. Pero Anne no era Jacqueline. Estaba claro que consideraba cualquier ataque a su castidad como un ataque a su honor.

Una conmoción en el pasillo sacó a Kennedy de su trabajo en los contratos de trabajo que revisaba. Miró el reloj. Cuatro de la tarde. Había estado trabajando durante más de dos horas. Las voces en el pasillo se hicieron más fuertes, y reconoció la risa de Louisa. Un sentimiento de calidez lo recorrió. Rose se había quejado a menudo de que quería una hermana pequeña. Puede que Louisa no sea exactamente lo que tenía en mente, pero las dos niñas se llevarían muy bien.

Las voces se hicieron más cercanas y él se preparó cuando la puerta se abrió de golpe y Louisa entró corriendo con una caja de vestidos bajo el brazo. Lo vio y esbozó una brillante sonrisa. Anne y su madre entraron en la habitación. Las mejillas de Anne estaban sonrojadas y sus ojos brillaban de risa. Era impresionante.

Kennedy se levantó y caminó alrededor de su escritorio hacia ellas.

—Kennedy, me alegro tanto de que estés en casa—gritó Louisa.

Él se rió.

—Entonces yo también me alegro.

—Kennedy—dijo la vizcondesa mientras se quitaba los guantes.

—Mi señora—Kennedy hizo una leve reverencia y luego se dirigió a su esposa—Anne.

—Buenas tardes, mi señor—respondió ella.

Él no vio nada del enfado de la noche anterior y rezó para que ella le hubiera perdonado.

Louisa se apresuró a acercarse al diván cerca de la ventana y dejó caer la caja que llevaba sobre el cojín.

—Debes ver este vestido que acabo de comprar para el baile de esta noche.

Kennedy se detuvo junto a Anne.

—¿El baile de esta noche?

—Sí—dijo Louisa—. Mamá ha accedido a permitirme ir—. Arrancó la tapa de la caja, pero Kennedy ya no la miraba.

—No vamos a asistir al baile esta noche—le dijo a Anne.

Ella frunció el ceño.

—Pero tu padre y tu madrastra son los anfitriones de la fiesta en honor a nuestro matrimonio. Debemos asistir.

Él soltó una carcajada.

—No, no tenemos que asistir.

—¿No vamos a asistir al baile? —preguntó Louisa.

Kennedy la miró. Estaba de pie, sosteniendo un vestido de noche de terciopelo rosa contra su cuerpo.

—Mi señor —dijo Anne—, ¿no es mejor mantenerse en buenos términos con tu padre?

Él dirigió su mirada hacia ella.

—Estoy en tan buenos términos con él como es posible —dijo con voz llana.

—Oh, Dios —dijo Louisa—. Estás enfadado porque te hemos cobrado mi vestido y mis zapatos, ¿verdad?

Miró a la chica con sorpresa.

—¿Me has cobrado el vestido a mí? —En el momento en que las palabras salieron de su boca, se dio cuenta de su error.

Las lágrimas aparecieron en los ojos de la chica y se dejó caer en el diván. La vizcondesa se apresuró a acercarse a su hija y se sentó a su lado.

—No tiene que preocuparse, mi señor, yo pagaré el vestido —dijo Anne con voz tensa. Comenzó a acercarse a su hermana.

Kennedy la agarró del brazo.

—Espera.

La soltó y dio los tres pasos hasta el sofá y se puso en cuclillas a la altura de Louisa. Ella no estaba llorando (todavía) pero la tristeza en sus ojos le desgarró el corazón. Colocó un dedo debajo de su barbilla y le inclinó suavemente la cabeza hacia arriba para que se viera obligada a mirarle.

—No me importa en absoluto pagar tu vestido—dijo—. Simplemente no había planeado ir a la fiesta, así que me has pillado desprevenido—Sonrió—. Ya sabes que las damas suelen pillar desprevenidos a los caballeros.

La expresión de Louisa se aclaró.

—Me he dado cuenta de eso. Tengo un amigo, Robert. Nos conocemos desde que teníamos cuatro años. Últimamente, sin embargo, a veces dice las cosas más extrañas. Es muy tonto y le he preguntado si tiene algún tipo de enfermedad cerebral. Pero parece que eso sólo le molesta y se le traba la lengua. ¿Te refieres a eso?

Él se rió.

—Bueno, sospecho que el mal de Robert tiene más que ver con el hecho de que eres una joven muy bonita, más que con un hermano que no pensaba ir a una fiesta. Pero tienes la idea general.

—Si no quieres ir a la fiesta esta noche, no pasa nada. No me importa devolver el vestido y los zapatos y… —le dedicó una sonrisa tímida— los guantes.

Él se puso de pie.

—En absoluto. Anne tiene razón. Debemos quedar en buenos términos con mi padre. Iremos todos.

Louisa se levantó de un salto y lo abrazó.

—No me gustó nada que Anne se casara con un desconocido. Pero ahora estoy muy contenta de que se haya casado contigo.

Kennedy sintió que los ojos de su esposa se clavaban en su nuca. No estaba seguro de que ella estuviese contenta de haberse casado con él.

* * *

Anne entró en el salón de baile de la mansión de su suegro del brazo de Kennedy y respiró profundamente cuando se detuvieron en la puerta. Su madre y su hermana se detuvieron junto a ellas. Las bailarinas se deslizaban por la pista de baile en una emocionante danza campestre y los invitados llenaban el resto del espacio de la enorme sala.

—Oh, Dios —dijo Louisa—. Nunca había visto un salón de baile tan grande.

—Recuerda, debes quedarte conmigo o con Anne —dijo su madre.

—¿Y con Kennedy?—Louisa le sonrió—. Seguramente, estará bien que me quede con él si tú y Anne están ocupadas.

—Estoy segura de que Kennedy estará muy ocupado—respondió la madre.

Él le sonrió.

—Louisa es bienvenida a quedarse conmigo, si quiere.

Louisa le devolvió la sonrisa, con la adoración brillando en sus ojos, y Anne se dio cuenta de que Louisa se había tomado sus palabras a pecho y había abrazado a Kennedy como su nuevo hermano. Su corazón se estremeció. No se le había ocurrido que Louisa podría beneficiarse de la incorporación de un hombre a su familia.

Su madre inclinó la cabeza hacia Kennedy.

—Como quieras, Kennedy—Una diversión inusual se mostró en sus ojos—. Puede que te arrepientas de esa invitación.

—Hay tanta gente. ¿Por dónde empezamos?—preguntó Louisa.

—Si quiere, puedo presentarles algunas damas que podrían compartir varios de sus intereses—dijo Kennedy.

Anne se preguntó cómo podía saber él cuáles eran sus intereses, pero asintió y le dio las gracias.

La siguiente hora la pasó Kennedy haciendo presentaciones. Su cabeza zumbaba con los nombres y la música y el estruendo de las voces, pero Anne tuvo que admitir que un par de damas parecían bastante interesantes. Lady Hanna sabía mucho de agricultura, y la siguiente dama que conocieron, la señorita Watson, tenía claramente talento para la astronomía.

—Me sorprende que te asocies con los intelectuales—dijo Anne, cuando la señorita Watson fue llevada a la pista de baile por un apuesto caballero.

Kennedy la miró.

—Creo que te dije que respeto a una mujer que sabe lo que quiere y no tiene miedo de perseguirlo—Levantó una ceja—.¿Creías que estaba mintiendo?

Ella entrecerró los ojos.

—Pensé que estabas persiguiendo algo que querías en ese momento.

Se rió, y luego les presentó a otras dos señoras que no hablaban de otra cosa que de costura, fiestas y vestidos.

—¿Es eso más de su agrado, mi señora?— preguntó cuando por fin dejaron a las damas.

—No fue de mi agrado—dijo Louisa—. Perdona que te lo diga, Kennedy, pero eran excesivamente aburridas.

—Louisa—siseó su madre en voz baja cuando dos señoras miraron hacia ellas.

—No la regañes por decir la verdad—dijo Kennedy—. Estoy de acuerdo—Miró a Louisa—. Aun así, me sorprende. Sé que te gustan los vestidos y las fiestas, así que ¿por qué las encontraste aburridas?

—Claro que me gustan los vestidos y las fiestas—dijo ella como si le hablara a un niño—. Son muy divertidos. Pero no voy a hablar solo de ello y no hablar de otra cosa. ¿No tienen otros intereses?

Kennedy se rió.

—No que yo sepa.

Louisa hizo una mueca.

—¿Debemos ser amigas de ellas?

—Por el amor de Dios, Louisa—dijo su madre—. Baja la voz.

Louisa agachó la cabeza.

—Por supuesto, mamá.

Kennedy se inclinó cerca de Louisa y le susurró:

—No temas, no tienes que ser amiga de nadie que no te guste.

Ella sonrió.

—Gracias. Tengo sed, mamá. ¿Puedo tomar champán?

—No puedes—respondió ella—. Puedes tomar limonada.

Louisa miró de reojo a Kennedy.

—Kennedy, ¿no crees que los catorce años son edad suficiente para tomar un poco de champán?

Su madre se quedó helada. Él le pellizcó uno de los rizos a Louisa.

—Creo que los catorce años son edad suficiente como para saber que no debes pedirle a tu hermano que contravenga las instrucciones de tu madre.

Louisa parpadeó y Anne pensó que haría un mohín. En cambio, se encogió de hombros y dijo:

—Supongo que tengo mucho que aprender sobre tener un hermano.

Volvió a reírse y Anne notó esta vez un matiz de tristeza.

La orquesta tocó un vals.

—Tú y Anne no han bailado —dijo Louisa —. El vals es muy romántico. Tienen que bailar.

Kennedy la miró.

—¿Bailamos, mi señora?

Lo último que quería era bailar con él, pero ¿cómo podía negarse? Ella asintió, y él la tomó de la mano, la metió en el pliegue de su brazo, y la llevó hacia la pista de baile.

Una vez que estuvieron fuera del alcance de su madre y su hermana, ella dijo:

—No hace falta que bailes conmigo.

Él la miró.

—No hay nada extraño en que un hombre baile con su mujer.

Ella no era su esposa, no realmente. Todavía no.

—Es cierto, pero Louisa te obligó a pedírmelo.

—No temas, poca gente puede obligarme a hacer algo.

Llegaron a la pista de baile. Él la acercó y se dejó llevar por la música. No le sorprendió descubrir que era un excelente bailarín.

—¿Quiénes son las pocas personas que pueden obligarte a hacer algo? —preguntó ella.

Su mirada se clavó en ella.

—¿Qué?

—Has dicho que pocas personas pueden obligarte a hacer algo. ¿Quiénes son esas pocas personas?

—Supongo que solo hay una persona en verdad —dijo él, como si hablara consigo mismo.

—¿Quién?

Parecía perdido en sus pensamientos, y solo negó con la cabeza.

—No tiene importancia.

—¿Tu padre? —preguntó ella.

La boca de él se adelgazó y la miró.

—¿Por qué hacer preguntas de las que ya sabes las respuestas?

Ella reflexionó.

—Siento que te hayas visto obligado a casarte conmigo.

Él soltó un suspiro y los guió para que pasaran por delante de una pareja, y luego esquivó a otra pareja que casi los embiste.

—No es tu culpa, Anne.

—Es cierto—respondió ella—. Pero es evidente que no estás contento con el matrimonio.

El interés iluminó sus ojos.

—¿Lo dices porque no consumamos nuestro matrimonio anoche?

La vergüenza calentó las mejillas de Anne.

—No quise decir eso, en absoluto.

El interés se convirtió en diversión.

—No somos la primera pareja casada que no consuma su matrimonio en su noche de bodas.

Anne se mordisqueó el labio.

—No faltará oportunidad.

—¿Tienes planes para mí, cariño?

¿Qué planes tenía ella?

—No estamos verdaderamente casados hasta que...

La diversión de Kennedy se desvaneció.

—Quieres ganar esas cinco mil libras lo antes posible. Soy un tonto.

Anne jadeó. Luego la ira la invadió.

—¿Por qué no? Al fin y al cabo se trata de un acuerdo comercial, nada más.

Los ojos de él se oscurecieron.

—Entonces estaré a su servicio esta noche, señora.

—¿Si está seguro de estar a la altura, mi señor. No quiero causarle molestias.

—Demasiado tarde—replicó él—. Me has incomodado mucho.

La tiró contra él y la hizo girar en un apretado torbellino que la mareó y la hizo consciente de su dura longitud.

—Ahora debo idear una forma de no avergonzarme ante la élite de Edimburgo—agregó él.

Entonces se encontró con que la sacaban de la pista de baile y por las puertas del balcón.

* * *

De pronto, Kennedy detuvo a Anne. Ella trató de apartarse de él, pero él la agarró con fuerza y la besó. Luego la soltó. Ella retrocedió dos pasos vacilantes.

—Solo un adelanto de lo que vendrá—dijo él.

—Qué suerte para mí—dijo ella.

—Oh, lo será, eso lo prometo.

Ella soltó un suspiro frustrado, luego se dio la vuelta y se apresuró a volver al salón de baile.

Kennedy empezó a seguirla, pero se lo pensó mejor y giró hacia los jardines. Cruzó el balcón, bajó los tres peldaños que conducían al césped y redujo la velocidad a un paseo. Anne no se merecía su desprecio. Ella tenía razón. Su matrimonio era un acuerdo comercial. Curiosamente, ese pensamiento le molestaba. Ella también tenía razón en que él no era feliz estando casado. Sabía que algún día se casaría, pero le molestaba que su padre hubiera forzado la situación e incluso hubiera elegido a su novia.

Sin embargo, en el fondo, temía por Rose. No podía permitirse pensar en ella. Por el momento, estaba seguro de que estaba a salvo. Pero cuanto más tiempo estuviera fuera, más posibilidades habría de que sus custodios se descuidaran. Y no podía pensar en lo que pasaría si su padre moría.

Necesitaba que Anne le diera un hijo tanto como ella quería. No podía culparla por eso. Esta noche consumaría su matrimonio. Un pequeño sentimiento de satisfacción surgió. Si su padre tuviera idea de que no había consumado el matrimonio anoche, se pondría furioso. Ahora que lo pensaba, debió haberse casado hace tiempo y simplemente no haber consumado el matrimonio. Eso habría vuelto loco a su padre, y no habría tenido ningún recurso para secuestrar a Rose. Se equivoca. Su padre la habría ocultado y habría exigido que Kennedy se acostara con su esposa y tuviera un hijo.

¿Por qué no se le había ocurrido que su padre utilizaría a Rose? Porque, a pesar de todo,

Kennedy simplemente nunca había creído que su padre pondría a su propia hija en peligro. No subestimaría al viejo de nuevo.

—Kennedy.

Kennedy se detuvo. Maldita sea. Se giró para mirar a Jacqueline.

—¿Qué estás haciendo aquí?

—Los vi a ti y a Anne salir del salón de baile, pero ella regresó inmediatamente. ¿Pasa algo?

—Lo que pasa, Jacqueline, es que mi padre ha secuestrado a mi hermana y me ha chantajeado para que me case.

Ella se acercó y le puso una mano en el brazo.

—Sabes que tu padre nunca permitiría que le hicieran daño a Rose.

—Amenazó con casarla con Granbury. No hay peor daño que pueda sufrir ella.

Jaqueline negó con la cabeza.

—No creo que lo haga.

—Entonces eres un tonta.

Jaqueline se acercó más.

—¿Ella te complace?

No tuvo que preguntar quién era «ella».

—Mucho—dijo.

—¿Te complace tanto como yo te complacía?

Kennedy la miró fijamente. Incluso a la pálida luz de la luna era hermosa.

—Sí, me gusta mucho.

Jacqueline apoyó las palmas de sus manos en el pecho de él.

—Quizás has olvidado lo mucho que yo te gusto.

Él le agarró las manos y las retiró de su pecho.

—Deberías recordar que estás casada con mi padre.

—Sabes lo enfermo que está, Kennedy. No ha podido…--Ella lo miró a través de sus pestañas—. Me siento muy sola.

Él le entregó una sonrisa fría.

—Tal vez haya un joven trabajador que te sirva. Tengo entendido que te gustan los jóvenes sirvientes.

—Sabes que eso es una vil mentira.

—No sé nada de eso. De hecho, me sorprendería que no fuera cierto.

Ella le dio una bofetada. Le dolía la mejilla. Quiso sacudirla, exigirle que le explicara por qué había elegido a su padre. Pero él sabía por qué.

Ella se dio vuelta hacia la mansión y se alejó a toda prisa. Él la observó hasta que desapareció de su vista. ¿Siempre había sido tan fría y calculadora? Pensó en eso. Ella era impulsiva, algo que siempre había admirado de ella. Lo que no había entendido era la motivación detrás de ese impulso. Tenía lo que quería a toda costa. ¿Todas las mujeres eran así?

Pensó en Anne. Sí, ella también era decidida. Sin embargo, a diferencia de Jacqueline, nunca pretendió amarlo. Por supuesto, él la conocía desde hacía menos de dos días. Todavía había tiempo para que ella fingiera muchas cosas. Recordó su ira de hace unos momentos, y se preguntó si ella era capaz de hacer algo más que mostrar lo que había en su corazón. Suspiró. El tiempo lo diría.

Capítulo Seis

Anne volvió a entrar en el salón de baile y escudriñó la sala en busca de su madre y Louisa, pero no encontró rastro de ellas. Detuvo a un camarero que pasaba por allí y tomó una copa de champán de su bandeja, luego miró en dirección a las puertas abiertas del balcón. El hombre era realmente imposible. Bebió dos tragos de champán. Más le valía tener un hijo pronto, porque era capaz de asesinarle. Su estómago dio un vuelco al recordar su promesa: "Estaré a su servicio esta noche, señora".

Las palabras fueron pronunciadas con rabia, pero a ella no se le escapó el profundo timbre de su voz ni la intensidad de su mirada cuando las dijo. Anne bebió otro trago de champán. Nunca había conocido a un hombre más insufrible. Tal vez debería preguntarle a su madre cómo tratar con él. No. Su madre se horrorizaría al saber que no habían consumado su matrimonio. Una dama siempre se sometía a las órdenes de su marido en la alcoba.

Anne se llevó la copa de champán a los labios y descubrió que solo quedaba un pequeño trago. ¿Dónde había otro camarero? Recorrió la sala y vio a Jacqueline entrando en el salón de baile desde el balcón. Anne no la había visto fuera. ¿Había hablado con Kennedy?

¿Había vuelto Kennedy al salón de baile? Volvió a buscar en la sala, pero había tanta gente que podría haberla pasado por alto. Jacqueline se volvió y sus ojos se encontraron. Anne leyó algo allí. ¿Culpa? Jacqueline se dirigió hacia ella. Oh, Señor, no estaba de humor para hablar con la mujer. No le gustaba. Pero no podía ignorarla. Jacqueline sabía que la había visto.

—Ahí está, mamá—dijo Louisa detrás de ella.

Anne se volvió cuando su madre y su hermana se acercaron a ella.

—Estoy tan aliviada de verlas—soltó.

Los ojos de su madre se aguzaron y Anne se dio cuenta de su error. Pensó que su madre iba a decir algo, pero sus ojos no se detuvieron en Anne y Jacqueline apareció junto a ellas un instante después.

—Buenas noches, Lady Kinsley—dijo—. Lady Louisa, luce usted encantadora.

—Gracias—dijo Louisa—. Este es un vestido especial que escogí solo para esta fiesta.

—Es absolutamente perfecto—dijo Jacqueline, y luego se volvió hacia Anne—. Estoy muy contenta de encontrarte. Te he estado buscando durante la última hora—Anne tuvo la sensación de que estaba mintiendo—. Al conde le gustaría conocerte—dijo Jacqueline.

¿El conde quería conocerla? Recordó que Kennedy había dicho que ella no conocería a su padre si él se salía con la suya. Ella miró hacia las puertas del balcón, pero no vio ninguna señal de él.

—Espero que no se haya dormido—dijo Jacqueline—. Ahora duerme mucho más de lo que está despierto—Sonrió a la madre de Anne—. Es tan difícil—Suspiró y miró a Anne—. Ven, subamos a su habitación.

—Quizá deba esperar a Kennedy—dijo Anne.

—¿Sabes dónde está?—preguntó Jacqueline.

—Lo dejé en el balcón—respondió Anne.

—Acabo de llegar de los jardines—dijo Jacqueline—. Él estaba dando un paseo.

La conmoción retumbó en Anne.

—¿Lo viste en los jardines?

—Oh, sí, pasear por los jardines es una de nuestras actividades favoritas.

Anne captó la mirada de asombro en el rostro de su madre.

—Kennedy ha sido tan maravilloso durante la enfermedad de su padre—dijo Jacqueline—. No sé qué habría hecho sin él.

Su tono era íntimo. Pero, ¿por qué no habría de serlo? Eran familia. Anne estaba haciendo el ridículo. Pero había sido inquietante la forma en que Jacqueline apoyó su mano en el brazo de Kennedy ayer por la mañana en el banquete de bodas. Anne no era tonta. Había visto a sus amigas coquetear y mover los ojos para ganar la atención de un joven. Una mujer no tocaba el brazo de un hombre de esa manera a menos de que estuvieran cerca.

Jacqueline sonrió dulcemente.

—Por favor, Joseph ha pedido expresamente verte—Inclinó la cabeza hacia la madre de Anne—. Nos disculpa, Lady Kinsley. Ven, Anne.

Anne dudó, luego asintió.

—Volveré pronto, mamá. Por favor, hazle saber a Kennedy dónde estoy. Estoy segura de que volverá pronto de su paseo por el jardín.

Su madre asintió, y luego Anne siguió a Jacqueline a través de la multitud hasta un pasillo, pero deseó poderosamente estar en los jardines con su marido.

* * *

Kennedy volvió a entrar en el salón de baile con la intención de encontrar a Anne y Louisa y volver a casa. Se habían quedado el tiempo suficiente para que Louisa quedara satisfecha con la fiesta. Las vio cerca de la pared de la izquierda y se dirigió hacia ellas. Pasó por delante de un grupo de hombres y esperó a que pasaran tres señoras cuando oyó que le llamaban por su nombre. Kennedy maldijo, y se giró para mirar a su tío cuando el hombre mayor le alcanzó.

—¿Podemos hablar?—preguntó Ranald.

—¿Puede esperar?—respondió Kennedy—. Voy a encontrarme con la madre y la hermana de mi esposa.

La expresión de Ranald se iluminó.

—Esperaba conocer a su esposa.

—Acompáñame, entonces—Kennedy se dio la vuelta y esquivó a dos caballeros que pasaban, y luego se abrió paso entre la multitud que parecía haber crecido durante su paseo por el jardín.

Alcanzaron a las dos mujeres, y la vizcondesa dijo:

—Kennedy, estoy aliviada de verte—luego se interrumpió cuando Ranald se puso a su lado.

—Mi señora, este es mi tío, Lord Ranald—dijo Kennedy—. Ranald, Lady Kinsley y su hija Lady Louisa.

—Señora—Ranald se inclinó sobre la mano de la mujer mayor. Louisa hizo una reverencia y él la devolvió.

—¿Qué sucede?—preguntó Kennedy, y luego se dio cuenta de que había hablado demasiado alto cuando un grupo de hombres cercanos miró hacia ellos—¿Qué ha ocurrido?—dijo en voz baja.

Ella dudó, y Kennedy dijo:

—Puedes hablar libremente delante de mi tío.

Ella miró al hombre mayor, y luego dijo en voz baja:

—Tu madrastra llevó a Anne a conocer a tu padre.

—Maldita sea —dijo él—. Le ordené que no saliera del salón de baile.

Las cejas de la vizcondesa se alzaron.

—Está claro que no conoces a tu mujer, si esperabas que se cumpliera esa orden.

—Mi esposa aprenderá a obedecer mis órdenes —dijo él.

La alegría brilló en los ojos de la vizcondesa.

—Puede que seas tú quien aprenda algunas lecciones —murmuró.

—¿Supongo que crees que una esposa tiene derecho a ignorar los deseos de su marido?

—En absoluto. Simplemente tengo la suficiente experiencia para saber que un matrimonio (un matrimonio feliz) no se construye sobre la base de la obediencia a las órdenes.

—Ella tiene un punto —dijo Ranald.

Kennedy miró a su tío con los ojos entrecerrados.

—Puedo ver que me espera un camino interesante.

—De eso puedes estar seguro —dijo la vizcondesa—. Primero, sin embargo, es posible que quieras rescatar a tu madrastra de Anne.

Él parpadeó.

—¿Perdón? Es a Anne a quien hay que rescatar.

Ella le dedicó una sonrisa cortés.

—Todavía no has tenido ocasión de aprenderlo, pero Anne tiene mal genio.

Él soltó una carcajada.

—De hecho, ya lo he aprendido, señora —Se excusó y se dirigió a los aposentos de su padre para rescatar a alguien, aunque no sabía a quién.

* * *

El corazón de Anne se estrujó al ver al anciano que estaba sentado en la cama leyendo un libro. Estaba más que enfermo. La palidez de su piel y el temblor de sus manos le indicaban que se estaba muriendo. Sin embargo, una aguda inteligencia la miraba a través de los pálidos ojos azules que la observaron aproximarse.

Jacqueline se apresuró a acercarse a su cama, le dio un beso en la mejilla y le dijo:

—Querido, ésta es Anne.

Anne se detuvo a unos metros de distancia.

—Acércate —Le hizo una seña con una mano nudosa.

Anne hizo lo que se le indicó y se detuvo junto a Jacqueline, luego hizo una reverencia.

—Eres muy hermosa —dijo él.

—Gracias, mi señor —respondió Anne.

—¿Qué piensas de mi hijo? ¿Te dará un hijo?

Anne se sobresaltó ante la pregunta. ¿Cómo podía saber la respuesta a semejante pregunta?

—Estoy segura de que hará todo lo posible, mi señor.

Los ojos del hombre se agudizaron.

—¿Hará lo que pueda? A estas alturas, espero que haya estado trabajando duro para producir un heredero.

Anne parpadeó. Ella y Kennedy solo llevaban un día casados. ¿Qué tanto podían estar "trabajando" para tener un hijo?

—Perdóneme, señor, pero no es propio de una esposa hablar de esas cosas, especialmente al padre de su marido.

—Tiene razón, querido—dijo Jacqueline—. Anne es una recién casada.

—¡Bah! No tenemos tiempo para detenernos en tal ceremonia—Su mirada se fijó en la de ella—. Sé que necesitas las cinco mil libras que te prometí una vez que produzcas un heredero. Te pagaré cinco mil libras más si te quedas en la cama de Kennedy todas las noches desde ahora hasta que te quedes embarazada.

Anne se le quedó mirando. El hombre estaba loco. Pero era más que eso, se dio cuenta. Aquí estaba la razón por la que Kennedy no había querido que ella conociera a su padre. El hombre estaba tratando de controlar su vida hasta las veces que...

—Perdóneme, mi señor, pero no puedo ver cómo podría confirmar que yo merecería las cinco mil libras extra—levantó las cejas—. A no ser que pretenda estar en la cama con nosotros.

Para su sorpresa, el conde no hizo ni un gesto de mala cara ante su sarcasmo, sino que dijo:

—Si quedas embarazada pronto, entonces daré por hecho que has cumplido tu parte del trato.

Kennedy podría ser insufrible, pero este hombre era cruel.

—Siempre hubo la posibilidad de que me quedara embarazada la primera o segunda noche que estuviéramos juntos—dijo con un sarcasmo enfermizamente dulce.

—¿Estás dispuesta a correr el riesgo de no recibir el dinero extra si no te quedas embarazada enseguida?—replicó él.

—Ah, ya veo. Si no me quedo embarazada inmediatamente, asumirás que Kennedy y yo no compartimos cama. ¿Qué sucedería si compartiéramos la cama todas las noches y no me quedara embarazada?

—Estoy seguro de que Kennedy es lo suficientemente hábil como para hacer que su tiempo en tu cama valga la pena.

—Dios mío, qué agallas tienes. Si me quedo embarazada ahora mismo, dentro de un año o dentro de cinco, no tendrá nada que ver contigo.

—Pero tiene mucho que ver con Kennedy— respondió—. Mi hijo se encargará de que tengas un hijo dentro de un año.

La conversación era una locura.

—Entonces, ¿por qué me ofreces más dinero? —preguntó ella.

—No me arriesgo cuando se trata del heredero de mi título.

—Por si lo has olvidado, ya tienes un heredero: mi marido. Y, por cierto, no es sólo tu título. También está el mío.

Él asintió con la cabeza.

—Sí, mi nieto será el octavo Conde de Buchanan, así como el Vizconde Kinsley. Por eso te elegí como novia de Kennedy.

Ella tuvo suficiente.

—¿Había algo más, mi señor, además de asegurarte de que mi marido y yo pasáramos suficiente tiempo juntos en la cama?

Él la miró.

—Te adaptarás bien a Kennedy.

Eso, Anne no se lo esperaba.

—¿Qué te ha dicho él de mí?

Eso tampoco se lo esperaba ella. ¿Qué se suponía que debía decir? Le dedicó una sonrisa fría.

—Nada, en realidad. Estoy seguro de que entiendes que no hemos pasado el tiempo hablando.

La satisfacción iluminó la mirada del conde. Asintió.

—Bien, muy bien. No se me había ocurrido que podrías ser hermosa, pero el hecho de que lo seas mantendrá el interés de Kennedy durante un tiempo.

¿Por un tiempo? El corazón de Anne se sintió como si lo hubieran atravesado con un cuchillo.

—Espero que llames a tu hijo como yo—dijo el conde.

—¿Por ti?—No era raro que un padre llamara a su hijo como el abuelo. De alguna manera, Anne dudaba de que Kennedy quisiera seguir esa tradición—Lo discutiré con Kennedy, por supuesto.

Él hizo un gesto de desprecio con la mano, y ella quiso apartar la cosa nudosa de un golpe.

—Él hará lo que le pidas.

Entonces ella entendió.

—Si sugieres que le pongamos tu nombre a nuestro hijo, te desafiará—se dijo más a sí misma que a él—. Pero esperas que lo manipule para tus propios fines.

—Estoy en mi derecho—dijo él como si eso fuera suficiente.

Anne se rió.

—No del todo. ¿Qué hay de mi padre? Tal vez me gustaría ponerle su nombre a nuestro hijo.

Por fin, vio la ira en sus ojos. La satisfacción la invadió.

—Te daré otras cinco mil libras, si convences a Kennedy de que le ponga mi nombre a tu hijo—dijo.

Ella no podía creer lo que oía.

—Quédate con tus cinco mil libras. Quédate con todo tu dinero—Anne se giró y se detuvo en seco al ver a Kennedy de pie en la puerta.

Capítulo Siete

Kennedy no pudo apartar los ojos de su mujer cuando entró en la habitación. Ella acababa de decirle a su padre que guardara todo su dinero. Kennedy llegó a su lado, agarró su mano y se la llevó a los labios.

Ella frunció el ceño, su expresión se volvió suspicaz cuando él dijo:

—Te he echado de menos, querida—la soltó y miró a su padre—. No sabía que tenía intención de reunirse con Anne esta noche, señor.

—Si lo hubieras sabido, no la habrías traído—respondió su padre.

Kennedy sonrió con frialdad.

—Tienes que agradecer a la hermana de Anne que estemos aquí. No había planeado venir, pero ella tenía su corazón puesto en asistir a la fiesta y no podía decepcionarla.

La frustración apareció en la cara de su padre, y Kennedy maldijo su propia lengua. Normalmente, habría presionado cualquier ventaja una vez que hubiera roto la fachada de su padre. Pero su padre no estaba por encima de cambiar los términos de un acuerdo si se le presionaba lo suficiente, y Kennedy necesitaba asegurarse de que Rose volviera a casa lo antes posible.

—Creo que hemos estado aquí el tiempo suficiente para satisfacerla—dijo Anne—. Si no te importa, me gustaría ir a casa.

Kennedy le sonrió.

—Por supuesto, querida.

—Fue un placer conocerlo, mi señor—dijo Anne—. Espero que se sienta mejor pronto.

Anne cambió su atención a Jacqueline y dijo en un tono frío:

—Mi señora, gracias por una fiesta encantadora.

—Por supuesto—dijo Jaqueline--. Estamos muy contentos por ti y por Kennedy.

—Recuerda lo que dije—le dijo el conde a Anne.

Ella sonrió.

—No tema, señor, pensaré mucho en todo lo que ha dicho—Su mirada se desvió hacia Kennedy—. ¿Nos vamos?

Él inclinó la cabeza en señal de reconocimiento.

—Si estás lista, querida—Sin mirar atrás, se fueron.

Por suerte, su esposa permaneció callada hasta que llegaron a la mitad de las escaleras.

—Perdóname, señor, pero debo decirte que tu padre es un hombre abominable.

Kennedy no pudo evitarlo. Se rió tan fuerte que se le aguaron los ojos.

Llegaron a la siguiente planta y ella le dirigió un duro ceño mientras continuaban por el tenue pasillo.

—No veo la gracia en la situación. Tuvo el descaro de ofrecerme otras cinco mil libras si pasaba todas las noches en tu cama hasta estar segura de que estaba embarazada.

Kennedy la miró bruscamente. No había escuchado esa parte.

—Hablaré con él.

Ella levantó las manos.

—¿Por qué molestarse? Está claro que está loco y no se puede hablar con un loco— Su expresión se volvió tímida—. No creo que yo le guste mucho.

Doblaron una esquina del pasillo.

—No le gusta mucho nadie—dijo Kennedy.

—Puedo creerlo, pero la mayoría de la gente no es su nuera.

—Esto va demasiado lejos, incluso para él— dijo Kennedy—.¿Cómo cree que va a verificar que ha cumplido su parte del trato?

Llegaron a otra escalera y él le hizo un gesto para que le precediera.

—Eso mismo pregunté yo—dijo ella—. La única forma en que podría estar seguro es si estuviera en la habitación con nosotros.

Kennedy parpadeó. "

—No me digas que le has dicho eso.

—Por supuesto que sí.

Llegaron al siguiente nivel y el sonido de la orquesta llegó hasta ellos.

—Tuvo la temeridad de decir que mientras me quedara embarazada de inmediato, aceptaría mi palabra de que había cumplido mi parte del trato —continuó ella—. Le estaría bien empleado si no me quedo embarazada pronto.

La alarma se disparó en él.

—¿Le dijiste que no habíamos consumado el matrimonio?

Un rubor subió por sus mejillas.

—No. No es asunto suyo. Sobre eso, señor...

—Todo es culpa mía —interrumpió él.

Ella lo miró sorprendida y luego sonrió. Su corazón se aceleró.

—Gracias —dijo ella.

Qué diferente era de Jacqueline. Rara vez se peleaban, bueno, rara vez se peleaban cuando eran amantes. Pero en las raras ocasiones en que lo hacían, ella lo hacía sentir como si la aceptación de sus disculpas fuera una bendición de lo alto.

Kennedy miró a Anne de reojo.

—¿Estás en contra de tener un hijo inmediatamente?

Ella negó con la cabeza.

—Por supuesto que no. Esperaba tener hijos una vez que me casara —Lo miró, con una sonrisa irónica en la cara—. Le dije que podía quedarse con todo su dinero. Así que parece que he renunciado a las cinco mil libras que me iba a dar cuando tuviéramos un hijo.

Él había oído esa parte. ¿Sabía ella que había estado fuera de la habitación? Sus respuestas a su padre habían sido tan diferentes a las de Jacqueline. Tan... sin afectación.

—No importa —dijo él—. Lo que importa está en el contrato. Me aseguraré de que te pague el dinero.

Ella soltó un suspiro.

—El nacimiento de nuestro hijo se reduce a una transacción comercial. No estoy segura de que eso me guste.

—¿No es por eso que te casaste conmigo, por dinero? —dijo él con el corazón inesperadamente acelerado.

Ella se frenó cuando doblaron otra esquina y la música de la orquesta se hizo más fuerte.

—Es una razón bastante común para casarse —dijo ella—. Pero cada vez me gusta menos la idea de aceptar dinero por tener un hijo, ya sea dentro de un día, de un año o de cinco.

—Si es dentro de un día, lo consideraré de lo más milagroso —dijo él con una sonrisa.

Ella se rió, y él descubrió que le gustaba ese sonido.

—Te prometo que eso no ocurrirá —dijo ella—. Aun así, creo que rechazaré el dinero.

—Siempre puedes ponerlo en un fideicomiso para nuestro hijo—Nuestro hijo. Su pecho se apretó ante la visión de ella acunando a su hijo ante la chimenea en sus aposentos privados.

—Tendré que pensar en otra forma de pagar el mantenimiento de Dover Hall—Ella lo miró, otra vez con los ojos llenos de picardía—. Puedes empezar a regalarme costosas piezas de joyería cuando quieras.

De nuevo, él se rió tan fuerte que se le aguaron los ojos.

* * *

A mitad de camino, un gran crujido sonó fuera del carruaje. Kennedy tiró de Anne hacia él mientras la cabina se desviaba con fuerza hacia la derecha. Él se estrelló contra la pared del carruaje. Las damas gritaron. Louisa chocó contra él. Se abrazó a las dos mujeres mientras el carruaje se detenía bruscamente. La lámpara interior se apagó y quedaron sumidos en la oscuridad.

—Mamá—gritó Louisa, y se aferró a Kennedy.

—Está bien, Louisa—murmuró él, y luego dijo:—Lady Kinsley, ¿se hizo daño?

—No. Louisa—comenzó a decir ella.

—La tengo—dijo Kennedy—. Está bien. Anne, también.

El carruaje se balanceó, luego la puerta a la derecha de Kennedy se abrió de un tirón y la luz de la luna iluminó el interior del carruaje.

El conductor asomó la cabeza.

—¿Hay alguien herido?—preguntó.

Kennedy vio a la madre de Anne, apoyada en la pared del carruaje al otro lado de la puerta.

—La vizcondesa, James.

El lacayo la ayudó a salir del vagón. Kennedy soltó a Louisa con cuidado, luego a Anne, y saltó del carruaje a la acera de la tranquila calle.

—La rueda trasera derecha se rompió, mi señor.

—Eso deduje—dijo Kennedy—. Mi señora—Dio un paso hacia la vizcondesa. La manga de su hombro izquierdo estaba desgarrada y un corte en su brazo rezumaba sangre. Kennedy la giró suavemente hacia la luz de la calle y la examinó—. Debe haberse caído contra la lámpara.

Ella asintió.

—No es nada.

—Haremos que un médico le atienda la herida cuando lleguemos a casa.

Un carruaje giró en la calle y redujo la velocidad cuando se acercaron, luego se detuvo. La puerta se abrió y el tío de Kennedy se bajó y se dirigió hacia donde ellos estaban.

—¿Están todos bien?

Kennedy asintió.

—Afortunadamente, no íbamos rápido.

—Déjenme llevarlos a casa—dijo Ranald.

—Gracias—Kennedy se volvió hacia el conductor—. James, enviaré a Matthew de vuelta con una rueda nueva. Tú y Michael quedaos aquí hasta que lleguen.

James asintió.

—Sí, mi señor.

Kennedy ayudó a las damas a entrar en el carruaje, luego él y Ranald entraron y se pusieron en marcha.

En casa, se reunieron en el salón mientras Ranald enviaba su carruaje a por el médico. Kennedy despertó a Matthew y le indicó que llevara hombres para entregar la rueda y reparar el carruaje.

El médico llegó media hora después. A pesar de la insistencia de Lady Kinsley en que estaba bien, el médico insistió en darle seis puntos de sutura, y luego la mandó a la cama con una pequeña dosis de láudano. El médico se marchó, y Anne le regaló a Kennedy una mirada de agradecimiento, y luego subió con su madre y su hermana.

—¿Quieres un trago?—Kennedy le preguntó a Ranald cuando las damas se habían ido.

—Whisky, si eres tan amable—dijo—. Me alegra esta oportunidad de hablar contigo,

Kennedy. Enhorabuena por tu matrimonio, por cierto. Siento haberme perdido la ceremonia. No tenía ni idea de que te ibas a casar.

Kennedy sirvió dos bebidas, luego se volvió y señaló las dos sillas de la chimenea. Su tío tomó la silla de la izquierda. Kennedy le dio un vaso de whisky y se sentó en la silla de la derecha.

—Tuvimos una ceremonia muy pequeña con licencia especial—dijo Kennedy.

Ranald asintió.

—Así lo deduje. Estoy seguro de que tu padre tuvo algo que ver con el matrimonio. Lo vi anteayer. No tiene buen aspecto.

Kennedy bebió un buen trago de whisky. Sacudió la cabeza.

—No, no tiene buen aspecto.

Ranald lo miró.

—Debería pensar que te alegras.

—No lo lamentaré cuando se haya ido—dijo Kennedy.

—¿Qué demonios está pasando?—preguntó su tío.

Kennedy bebió otro trago de su whisky.

—¿Qué quieres decir?

—Hay muchas cosas extrañas en marcha. Por favor, no me digas que te has enamorado de repente. El matrimonio no estaba en tu agenda. ¿Y dónde está Rose? No la vi en Chesterfield cuando visité a tu padre. Cuando pregunté, me dijo que estaba fuera. ¿Qué significa eso?

Ranald era tan diferente de su hermano como Kennedy de su padre. A Kennedy siempre le había gustado su tío, que era demasiado inteligente para su propio bien.

—El conde la envió lejos y no me dice a dónde—dijo Kennedy—. Forzó mi matrimonio con Anne amenazando con casar a Rose con Granbury si no cumplía.

—Por Dios, eso va demasiado lejos, incluso para él—gruñó Ranald.

Kennedy asintió.

—Ambos hemos subestimado a mi padre durante mucho tiempo.

Ranald asintió lentamente.

—Ahora que están casados, ¿volverá Rose a casa?

Kennedy soltó una dura carcajada.

—No, hay más en el chantaje. Debo producir un heredero en el próximo año.

Un raro rubor de ira oscureció los normalmente tranquilos ojos de Ranald.

—Por Dios, ¿qué le pasa a ese hombre?

—Se está muriendo—dijo Kennedy con más calma de la que sentía—. Es un intento desesperado de vida eterna.

—Todos morimos—dijo el hombre mayor acalorado—. Hace un momento, habría dicho, a su manera, que ama a Rose. Ahora, no estoy seguro de que incluso eso sea cierto. ¿Cuánto tiempo ha estado fuera?

—Siete días.

—Es poco probable que ella sufra algún daño —frunció la boca—. Mientras él no muera. ¿Tienes idea de dónde está?

—El conde dijo que no estaba en Escocia. Basándome en la información que recibí de sus sirvientes, me inclino a pensar que es cierto.

Ranald asintió lentamente.

—Francia.

Kennedy asintió.

—Sin embargo, Francia es un país muy grande. Podría buscar en París durante años y nunca encontrarla.

—¿Seguro que piensas intentarlo?

Kennedy gruñó.

—Ya he empezado. Lo único que me impide ir yo mismo es el hecho de que debo engendrar inmediatamente un heredero.

Ranald frunció el ceño.

—¿Piensa Joseph mantener a Rose oculta hasta que nazca tu primer hijo?

Kennedy asintió.

—Eso es exactamente lo que pretende. Le exigí que trajera a Rose a casa una vez que se confirme que mi esposa está embarazada. En realidad, podría fácilmente no cumplir.

Ranald se inclinó hacia delante, con los codos apoyados en las rodillas.

—Dime cómo puedo ayudar.

Capítulo Ocho

A la mañana siguiente, Anne se dirigió al invernadero. El edificio estaba separado de la casa, en un rincón apartado de los jardines. La estructura de cristal descansaba sobre unos cimientos de piedras que llegaban hasta la cintura. Entró en el edificio y supo que estaba en casa. Una ligera lluvia comenzó a golpear los cristales. Anne miró las nubes grises que cruzaban el cielo. Incluso en un día nublado como el de hoy, podría permanecer aquí durante horas. Paseó por los pasillos, maravillada por la variedad de flores, helechos y árboles enanos. Encontró rosas, cardos e incluso brezos. Anne se detuvo para rozar con el dedo los pétalos de un guisante de olor a lavanda y divisó una tumbona, una mesa y unas sillas en el rincón más alejado. Esto era aún mejor de lo que esperaba.

Rodeó una higuera, luego un albaricoque y una ciruela, y continuó hasta la tumbona. Cerca había un modesto hogar. Lástima que no hubiera traído un libro. La lluvia golpeó un poco más fuerte el cristal. Miró al cielo. Las nubes se habían oscurecido. La próxima vez llevaría un libro. De momento, encendería el fuego y pasaría un rato con sus pensamientos.

Con un suspiro, Anne se arrodilló en el hogar. Encendió un fuego lento, se sentó en la tumbona y se quedó mirando las nubes negras. ¿En qué clase de familia se había casado? El conde era claramente un hombre amargado y ávido de poder. Su mujer. Anne se estremeció. Lady Buchanan estaba demasiado familiarizada con su hijastro. ¿Estaban ella y Kennedy teniendo una aventura? Kennedy parecía querer evitarla, y Anne no había detectado ninguna afinidad por parte de él hacia ella. ¿Había hecho avances hacia él? Anne bien podía creerlo.

Kennedy no encajaba con ellos. Ayer, cuando le dijo a Louisa que no le importaba comprar vestidos para ella, y que con gusto los llevaría al baile, había hablado como un verdadero hermano. La forma en que había abrazado a Anne contra él y había agarrado a Louisa cuando se rompió la rueda del carruaje la había pillado desprevenida. Era un hombre de acción y se preocupaba por ellas, en todo caso, de alguna manera.

No sabía qué pensar del hecho de que él no hubiera ido a su habitación la noche anterior. Es cierto que la noche había sido más agitada de lo esperado. Sin embargo, ¿no debería un marido querer acostarse con su mujer? A pesar de las exigencias de su padre de que tuvieran un hijo inmediatamente, quizás Kennedy no la quería. Ella recordó su noche de bodas. Él había parecido... entusiasmado, hasta que ella se enteró de que él pensaba que ella era libertina. ¿Nunca le entraría al hombre en la cabeza que ella se preocupaba por su honor? En cualquier caso, tenía que exigir sus derechos de esposa. Simplemente no era correcto que un matrimonio no se consumara. Su madre se horrorizaría si se enterara de que aún no estaban verdaderamente casados.

Salió de sus pensamientos al oír una repentina ráfaga de aire que recorrió el invernadero. Se enderezó y se dio cuenta de que habían abierto la puerta. La puerta se cerró de golpe y ella se puso en pie de un salto. Un instante después, vio a Kennedy entre el follaje. Se acercó y su mirada se encontró con la de ella. Llevaba un abrigo oscuro sin corbata y el cuello de la camisa estaba abierto, dejando ver la carne bronceada.

Se acercó a ella y le dijo:

—¿Qué diablos haces aquí fuera? —Luego vio el fuego y asintió—. Veo que éste es ya tu lugar favorito.

Anne sonrió.

—Incluso en un día como hoy, es una habitación muy agradable para estar.

Se quitó el abrigo empapado y se sacudió el agua.

—Mi madre solía pasar mucho tiempo aquí —Colgó el abrigo sobre el respaldo de una silla—. Está lloviendo mucho. Imagino que podemos esperar un poco para ver si la lluvia cede antes de volver a la casa.

Un temblor la recorrió. ¿Atrapada a solas con él en una habitación sin ningún sitio al que ir?

—Si tienes trabajo que hacer, no tienes que preocuparte por hacerme compañía—dijo ella—. No me importa estar sola.

Él la miró fijamente.

—¿Es tan terrible mi compañía que no puedes soportar estar a solas conmigo durante un rato?

—Oh no, no es eso en absoluto lo que quería decir—Ella soltó un suspiro de frustración—. No sé qué pasa contigo, pero siempre acabo diciendo lo que no debo.

La diversión brilló en los ojos de él.

—¿No estarás hablando, por casualidad, de un efecto similar al que Louisa mencionó ayer sobre su amigo Robert, que siempre dice lo que no debe sobre ella?

Ella entrecerró los ojos.

—Difícilmente. Eso implicaría algún tipo de afecto, y sé lo mucho que aborreces tales sentimientos por parte de tu esposa.

Para su sorpresa, él se rió.

—Me das la razón. Tienes algo, aunque sea un poco, de afecto por mí.

—¿Afecto? ¿Cómo puedo tener afecto por ti? Apenas te conozco.

Él sonrió.

—Soy un tipo encantador.

Maldita sea su alma, lo era. Pero ella no estaba dispuesta a admitirlo.

—Estoy segura de que ha encantado a muchas damas, mi señor.

—La única dama que me interesa encantar es usted.

Ella parpadeó.

—¿Perdón?

—Creo que me entiendes—dijo él.

—Bueno, por supuesto, te entiendo. Es decir, sé lo que has dicho. En cuanto a tu significado, podría ser cualquier cosa.

—Vamos, Anne, lo que quiero decir no puede ser cualquier cosa.

La forma en que dijo «cualquier cosa» dejaba pocas dudas sobre lo que quería decir. Que el cielo la ayude, se había puesto muy caliente la habitación.

—Probablemente empezarán a preocuparse por nosotros en la casa—dijo ella—. Quizá deberíamos volver.

Él cruzó hasta donde ella estaba y se detuvo a unos centímetros de distancia.

—No creo que se preocupen demasiado por nosotros—Le rodeó la cintura con un brazo y la atrajo hacia sí.

Ella detectó de inmediato su dura longitud contra su abdomen.

—Oh, Dios mío—respiró ella.

—Oh, cariño, en efecto—dijo él, y le cubrió la boca con la suya.

Las rodillas de Anne flaquearon y se agarró a los hombros de él para mantenerse erguida. Él se rió grave y profundamente, y luego introdujo suavemente su lengua entre los labios de ella y en su boca. Sabía a whisky. Le rodeó la cintura con fuerza, acercándola de forma imposible. La cabeza le daba vueltas. Rompió el beso y le dio cálidos besos a lo largo de la mejilla hasta el cuello. Ella se estremeció.

—Tal vez deberíamos ir a sus aposentos, mi señor.

—Nunca llegaríamos hasta allí sin que nos interrumpa algún miembro de la familia—murmuró él contra su carne—y no tengo ningún deseo de que me interrumpan.

Ella gritó cuando él la abrazó. La acostó en la tumbona y se echó encima de ella. Por un instante, él se sintió demasiado pesado, aunque ella descubrió que le gustaba la sensación. Luego se levantó sobre los codos y le besó el cuello. Le bajó la manga y le besó el hombro. Un intenso dolor le retumbó entre las piernas al ritmo de los latidos de su corazón. Ella se sobresaltó al darse cuenta de que estaban rodeados de cristales.

—Mi señor, cualquiera puede ver el interior del invernadero. Quizá deberíamos volver a la casa.

—Al menos, mientras te hago el amor, podrías intentar llamarme por mi nombre—dijo él.

Ella parpadeó. ¿La estaba reprendiendo, ahora?

—Como quieras, Kennedy—replicó ella.

Él se congeló, luego levantó lentamente la cabeza y se encontró con su mirada.

—¿Te he molestado de nuevo, cariño?

—Parece que tienes la costumbre de hacerlo—dijo ella.

—Esta vez, puedes estar tan enfadada conmigo como quieras—dijo él—. Pero consumaremos nuestro matrimonio.

Debería haber estado avergonzada, pero, en realidad, eso era exactamente lo que quería.

Con los ojos clavados en los suyos, él comenzó a subirle la falda. Ella no se inmutó, no se movió. Por fin, sus dedos hicieron contacto con la parte exterior de su muslo. Apoyó la palma de la mano en su carne y la deslizó hacia arriba. Su mano era tan cálida. Ningún hombre la había tocado tan íntimamente. Se bajó de ella y se colocó en la tumbona, a su lado, y siguió subiendo con la mano. Cuando se acercó al vértice entre sus piernas, ella se tensó. Le besó suavemente la mejilla y le mordisqueó la oreja.

Ella se retorció ligeramente al sentir las cosquillas. Entonces se dio cuenta de que sus dedos rozaban los rizos íntimos. Suavemente, deslizó un dedo entre sus húmedos pliegues. Ella cerró los ojos y se agarró a su brazo.

—Relájate, cariño—dijo él—. No te haré daño.

No tenía miedo de que le hicieran daño, solo que nunca había imaginado que un hombre la tocaría allí. Sin embargo, para su sorpresa, cuando los dedos de él rozaron el sensible nudo, un cosquilleo de placer la recorrió. Respiró. Empezó a mordisquearle la oreja de nuevo y el cosquilleo se extendió desde la oreja hasta el lugar donde rozaba su sexo. Él aplicó un poco más de presión y comenzó a masajearla.

—Cielo santo—respiró ella.

El dolor se intensificó. Le pasó la lengua por la oreja. La sensación era casi pecaminosa. Ella se sobresaltó cuando él deslizó un dedo dentro de ella.

—Dios mío, Kennedy, ¿crees que deberías hacer eso?

Él se rió.

—Eso y mucho más, si me lo permites.

¿Mucho más? Ella no podía imaginar nada más... entonces él comenzó a deslizar su dedo dentro y fuera de ella. Una extraña sensación de placer se extendió por su interior. Él movió su lengua. Que el cielo la ayude, ¿cómo podía algo tan inocente provocar una respuesta tan seductora?

—Me llenas de deseo—susurró, y las entrañas de ella se conmovieron.

Él aceleró sus movimientos dentro de ella. Debería avergonzarse. Pero le gustaba la sensación, le gustaba el deslizamiento de su cálido dedo dentro y fuera de ella. ¿Debía gustarle esto? Su madre le había explicado lo que ocurría entre un hombre y una mujer, pero no le había hablado a Anne de esto, de la necesidad que la hacía querer cerrar las piernas alrededor de la mano de Kennedy y rogarle que terminara con la tortura.

Fue consciente de sus besos bajando por su cuello. Su lengua acarició la carne sensible y luego chupó suavemente.

—Déjate llevar—susurró—. Déjate llevar por el placer.

Le pellizcó el cuello. Un hilo de placer se disparó desde su cuello hasta el nudo que él masajeaba. Ella gritó con un placer que hizo que las manchas recorrieran su visión. Anne se agarró a su brazo y apretó mientras el espasmo la invadía por segunda vez.

Suavemente, él la acarició hasta que el placer se disipó en un suave eco. Ella seguía respirando con dificultad cuando él desabrochó las caídas de sus pantalones. No bajó la mirada hacia su virilidad, ya la había visto y no necesitaba que le recordaran que era mucho más grande que su dedo. Cuando él se apalancó sobre ella, conoció un momento de pánico. ¿Debía mirarlo a los ojos? ¿Cómo podía hacerlo? ¿O debía cerrar los ojos?

Él le sonrió.

—Confía en mí, Anne.

Ella asintió y mantuvo los ojos abiertos mientras él se acomodaba entre sus piernas. El calor de sus muslos contra los de ella era mucho más irresistible que el de su mano. Su longitud chocó con su abertura. Metió la mano entre ellas y deslizó la cabeza de su virilidad justo dentro de sus pliegues y ella se tensó. Bajó la cabeza y rozó su boca con la de ella. Cuando respiró profundamente, ella le agarró los brazos. Los duros músculos se flexionaron bajo sus dedos y un estremecimiento la recorrió. Las caderas de él se movieron y luego se introdujeron en ella. Un profundo pellizco vino y se fue.

Kennedy separó su boca de la de ella y la miró.

—¿Estás bien?

Anne asintió, aunque no estaba segura. Se sentía muy extraño dentro de ella.

Él se retiró y ella le agarró los brazos con más fuerza, preparándose para otro pellizco cuando él volviera a penetrarla. No llegó nada. Él se retiró, y luego empujó. Kennedy bajó sobre ella y la besó de nuevo, luego la penetró más profundamente. El placer mezclado con una pizca de dolor la sobresaltó. Su lengua se deslizó dentro de su boca. La cabeza de ella giró cuando los empujes de él aumentaron la velocidad. El placer la invadió. Él penetró más profundamente y el dolor aumentó un poco. Sin embargo, se sorprendió al descubrir que quería más.

Su beso se volvió insistente. Con su siguiente empuje, ella levantó las caderas. Cuando sus cuerpos chocaron, él gimió. El sonido resonó en ella. Su madre no le había contado nada de esto. Tampoco le había contado el placer que estalló en su interior cuando su marido la penetró tan profundamente que pensó que le había tocado el alma.

* * *

Kennedy había leído el párrafo del informe media docena de veces y aún no estaba seguro de lo que decía. Su atención seguía volviendo a la tarde de ayer (y a la noche anterior) con Anne. Había algo en ella. Le encantaba. Se dio cuenta de que estaba deseando conocerla en los años venideros. Incluso con Jacqueline, nunca se había planteado algo así. Nunca pensó en estar sin Jacqueline, pero tampoco había pensado más allá de lo que tenían. Con Anne, se encontraba deseando pasar más tardes en el invernadero. Con Jacqueline, la deseaba, sentía que no podía saciarse de ella, pero tampoco se sentía... satisfecho. Anne lo satisfacía de una manera que nunca había conocido.

¿Era esto amor? Había creído estar enamorado de Jacqueline. Las emociones habían sido intensas, pero de alguna manera diferentes. No podía precisar lo que sentía.

Llamaron a la puerta y salió de sus pensamientos cuando entró un lacayo.

—El Sr. John Weston desea verle, señor— dijo.

—¿John? Hazle pasar, inmediatamente— dijo Kennedy, pero no tuvo que esperar, porque John entró en la habitación.

Kennedy se levantó y se apresuró a rodear su escritorio hacia su amigo. John caminó hacia él y el lacayo cerró la puerta tras de sí. Se encontraron, se dieron la mano, y Kennedy dijo.

—¿Qué ha sucedido? ¿Has averiguado algo?

La sorpresa brilló en el rostro de John.

—¿Qué es?—Preguntó Kennedy.

—¿No lo sabes?

El corazón de Kennedy comenzó a latir con fuerza.

—¿Saber qué? Dímelo, hombre.

—Tu padre está en coma.

Las palabras no se registraron.

—¿Qué? ¿Qué quieres decir?

—Tengo un sirviente de la casa de tu padre a mi servicio —dijo John—. Acaba de informar que el médico visitó Chesterfield hace dos horas porque tu padre no se despertaba.

¿Un coma? Una docena de pensamientos rebotaron en el interior de su cráneo, pero una palabra resonó: Rose. ¿Qué pasaría con Rose?

Kennedy miró a su amigo.

—¿Y si se muere?

—Siéntate, Kennedy.

—¿Qué? —Kennedy no podía concentrarse en las palabras de su amigo.

—Siéntate —John le agarró del brazo, le instó a acercarse a la silla cerca de la ventana y le empujó al asiento. John se sentó en el diván a su derecha.

—Piensa, Kennedy. Tu hermana está a salvo, al menos por ahora. Solo lleva nueve días fuera de casa. La situación no puede haberse degradado en tan poco tiempo.

Kennedy asintió. Tenía razón. ¿Pero cuán rápido podrían degradarse las cosas ahora que el conde no podía enviar instrucciones para su custodia? Rezó para que Ranald tuviera suerte en encontrarla en Francia.

Como si le leyera la mente, John dijo:

—Tu padre no es un completo idiota. Sabía que lo matarías si algo le sucedía a ella. Habrá hecho provisiones. Ella está a salvo, al menos, por algún tiempo.

Kennedy asintió. Tenía razón. Tenía que tener razón.

—Hay más—dijo John—. No quería decir nada hasta estar seguro, pero ahora no hay tiempo para confirmarlo. Sospecho que la persona que tu padre utiliza para mantenerse en contacto con tu hermana es un sirviente dentro de su casa.

—¿Qué quiere decir?

—Como sabes, he tenido la casa vigilada en todo momento. Solo se ha producido la actividad habitual: entregas de comida, suministros, idas y venidas de los sirvientes. Dudo que ninguno de los repartidores sea otra cosa que lo que aparenta ser. Por lo tanto, es fácil tacharlos de la lista de posibles contactos. Solo quedan los criados. He bromeado antes sobre cómo los sirvientes lo saben todo, pero es la verdad. Alguien en la casa de tu padre sabe algo sobre el paradero de tu hermana. Supongo que ese sirviente es un hombre.

Kennedy gruñó.

—De eso, puedes estar seguro. Mi padre cree que las mujeres son débiles en todo.

John se rió.

—En eso está muy equivocado.

Kennedy asintió.

—¿Tienes idea de quién puede ser el hombre?

—Tu padre emplea a veintinueve sirvientes. La mitad de ellos son mujeres. La mitad de los hombres probablemente no son lo suficientemente inteligentes o fiables como para confiarles el paso de la información. Tengo una lista de los siete hombres restantes. Me gustaría que echaras un vistazo a los nombres —Metió la mano en el bolsillo y sacó un papel doblado, luego se lo entregó a Kennedy.

Kennedy lo tomó y lo abrió. Revisó la lista.

—Conozco a tres de estos hombres. David Henderson ha sido el jefe de cuadra de mi padre durante veinte años. Es una posibilidad. Jason es su valet. Es leal a mi padre; sin embargo, no sería mi primera opción.

—¿Por qué? —preguntó John.

Kennedy se encogió de hombros.

—Mi padre cree en una fuerte separación entre la nobleza y los sirvientes. Confiar en Jason sería elevar su condición de criado.

John asintió.

—¿Y los demás?

—El último nombre de la lista —Kennedy señaló el nombre de Henry McKinley—. Ha trabajado para mi padre durante dos años. A decir verdad, me sorprendió que mi padre lo mantuviera. No acepta bien las órdenes.

—Interesante —murmuró John—. ¿Y el tercer nombre de la lista, Milton Hayes? Ha trabajado para tu padre solo dos meses como mozo de cuadra.

Kennedy se encogió de hombros.

—No sé nada de él. ¿Alguno de estos otros hombres es nuevo en su personal?

John asintió.

—Sí, el cuarto nombre de la lista, Dawson. Ha trabajado como mozo de cuadra durante dos semanas.

Kennedy se recostó en su silla.

—No lo conozco. Como es nuevo en el personal de mi padre, tal vez mi padre lo contrató específicamente para ayudar a seguir a Rose—Kennedy miró a John—. ¿Y su hombre de negocios, o su abogado, el Sr. Spector?

—Serían una opción obvia—dijo John—. Y tu padre podría temer que te acercaras a ellos y trataras de sacarles la información a golpes.

Kennedy frunció los labios.

—Tiene razón.

—Sin embargo, podrían tener información sin darse cuenta—dijo John—. Tiene que haber facturas relacionadas con los gastos de manutención de tu hermana.

Kennedy había considerado eso.

—Sí—Su corazón comenzó a palpitar—. Con mi padre en coma, puedo exigir ver todos sus registros financieros.

John asintió.

—Exactamente mis pensamientos. También puedes interrogar a sus sirvientes sin miedo a las repercusiones.

Capítulo Nueve

Para esa tarde, Kennedy había tomado posesión de todos los registros que pudo localizar en la oficina del Sr. Spector, así como los registros mantenidos por el Sr. Cummins, el hombre de negocios de su padre. El Sr. Spector se negó a cooperar, pero John sostuvo una pistola en su cabeza mientras Kennedy confiscaba todo lo que pudo encontrar. El Sr. Cummins fue más cooperativo, y entregó dos libros de contabilidad y una caja de recibos.

Kennedy no regresó a su casa, sino que fue a la oficina de John, pues sabía que Jacqueline lo estaría esperando. Confiaba en que Anne podría ocuparse de ella. Mañana se lo compensaría a su esposa. Por ahora, tenía que encontrar a Rose.

La tarde se convirtió en noche mientras él y John revisaban archivos, libros de contabilidad y recibos.

-Kennedy.

Kennedy levantó la vista del libro de contabilidad que estaba leyendo.

—Nunca he estado dentro de Chesterfield, pero es grande—dijo John.

Kennedy asintió.

—Mamut, de hecho.

—¿Podría alguien estar encerrado en una habitación allí sin que los sirvientes lo supieran?

Kennedy comenzó.

—¿Qué estás diciendo?

John le entregó un recibo. Kennedy lo leyó. Se había instalado una cerradura en una suite del cuarto piso del ala oeste de Chesterfield. Kennedy se quedó mirando durante un largo momento antes de aceptar lo que sus ojos le decían.

Miró a John.

—Es demasiado simple.

—Eso es lo bonito—dijo John.

—¿Nunca salió de Chesterfield? No puede ser.

—¿Por qué?

Kennedy sacudió la cabeza, incapaz de concentrarse. "

—Podría encontrarla muy fácilmente. El ala oeste no está en uso. En su mayor parte, está reservada para los invitados. Mi madre pasó un año allí cuando ella y mi padre estaban distanciados.

—Entonces no sería difícil encerrar a alguien en una habitación allí sin que el resto de la casa lo supiera—dijo John.

Kennedy negó con la cabeza.

—Los gritos de Rose se escucharían. Mi padre podría confiar en uno o dos sirvientes, pero, como dijiste, los sirvientes lo ven todo. Se darían cuenta.

—¿Se darían cuenta de alguien que viviera allí si ese alguien no se mezclara con el resto de la casa? —preguntó John.

Kennedy empezó a responder, pero se detuvo. Había dos entradas en ese lado de la casa. Tal vez podría hacerse si alguien tuviera cuidado. Aun así...

—Una vez que Rose se diera cuenta de que estaba prisionera, gritaría pidiendo ayuda —dijo.

La expresión de John se suavizó.

—No si estuviera incapacitada.

Una imagen de su dulce hermana de cabello oscuro acostada en la cama, drogada con láudano. La conmoción lo invadió. Había temido que si no podía cumplir con las exigencias de su padre, éste cumpliera la amenaza de casarla con Granbury. Temía que el conde muriera y que Rose quedara varada en algún lugar de una tierra extranjera sin recursos para llegar a casa sana y salva. Había odiado no saber dónde estaba ella, no saber nada de su futuro ni siquiera por un día. Pero había creído que, por el momento, ella estaba a salvo. ¿Se había equivocado?

—Creí todo lo que dijo —susurró Kennedy.

—¿Por qué no lo harías? —dijo John—. Esto es más diabólico que enviarla lejos.

Kennedy se puso en pie.

—Me voy a Chesterfield.

John también se levantó.

—Vámonos.

Kennedy sacudió la cabeza.

—Esta no es tu pelea, John.

John le dio una palmada en la espalda.

—Te lo debo por haberme salvado la vida en Glasgow —Sonrió—. Ya sabes lo mucho que odio estar en deuda.

* * *

Durante una hora, Anne se sentó en el diván del estudio de Kennedy tratando de leer antes de empezar a preguntarse si estaba siendo tonta por esperar. Después de su encuentro en el invernadero ayer por la tarde, él había aparecido en su habitación esa misma noche y le había hecho el amor por segunda vez. Pero al despertarse se dio cuenta de que no estaba. Después de un día de compras con Louisa y su madre, volvió a casa para encontrar que Kennedy había llegado y se había ido. Eso fue hace tres horas. Su madre y Louisa se marchaban mañana, y Louisa le había rogado una última noche en la ciudad. Mamá, la había llevado a la ópera.

Anne había esperado pasar tiempo a solas con Kennedy, otra vez. Sus mejillas se calentaron al pensarlo. ¿Pensaría él que ella ahora era fácil? ¿Se supone que una esposa debe disfrutar tanto de su marido? Ciertamente, él parecía disfrutar de su tiempo con ella. ¿Era esto lo que tenía que esperar el resto de su vida?

¿Qué había dicho su padre? "No se me había ocurrido que podrías ser hermosa, pero el hecho de que lo seas mantendrá el interés de Kennedy durante un tiempo". Si su padre decía la verdad, ¿Cuánto tiempo pasaría antes de que Kennedy se cansara de ella? ¿Qué haría ella cuando él tomara otras amantes? Un pensamiento golpeó. ¿Tenía una amante? Su corazón se hundió. Por supuesto, la tenía. Un hombre como él siempre tenía una amante.

Ella era una tonta. Él no sentía ningún afecto especial por ella. Solo se casó porque su padre le ordenó engendrar un heredero lo antes posible. Tal vez estaba disfrutando en el proceso. Tal vez una vez que su hijo nazca, él perderá el interés en ella por completo.

No estaba en casa porque no tenía interés en verla, y aquí estaba ella esperándole en su estudio. Gracias a Dios, no había llegado a casa y la había encontrado esperando. No solo se sentiría como una tonta, sino que lo parecería. Cerró su libro y se levantó. Sonó un golpe en la puerta, luego la puerta se abrió y el mayordomo entró.

—Perdóneme, mi señora, pero hay un chico aquí que insiste en ver a su señoría.

—Kennedy no está aquí—dijo ella.

—Soy consciente de que no está en casa—dijo el Sr. Bingham—. Pero el chico insiste en que no se irá hasta que haya visto a Lord Buchanan.

—¿Qué quiere con el vizconde?—preguntó ella.

El señor Bingham negó con la cabeza.

—Se niega a decirlo.

—Tal vez me lo diga. Hágale pasar, por favor.

Hizo una reverencia y se fue. Anne volvió a sentarse en el diván y, un momento después, el señor Bingham regresó con un muchacho alto de unos catorce años, vestido con pantalones y un tosco abrigo de lana. Le recordaba a un mozo de cuadra.

Anne permaneció sentada mientras el muchacho se acercaba.

—Soy Lady Anne—le dijo—. ¿Qué mensaje tienes para mi marido?

El muchacho se detuvo cerca de la mesa frente al diván.

—Es de su hermana—dijo.

—¿Su hermana?—Anne dirigió su mirada al mayordomo, que estaba cerrando la puerta—. Señor Bingham, espere, por favor.

Hizo una pausa.

—¿Sí, señora?

—¿Su señoría tiene una hermana?

—Sí, mi señora. Lady Rose. Vive con el conde.

¿Por qué Kennedy no la había mencionado? ¿Por qué no había asistido a su boda? ¿Por qué no la habían conocido en el baile? Ella dudó. Necesitaba escuchar lo que el chico tenía que decir, pero se sentía completamente perdida.

—Sr. Bingham, ¿podría esperar al lado de la puerta, por favor?

—Por supuesto, mi señora—Salió al pasillo y cerró la puerta tras de sí.

Anne volvió a centrar su atención en el chico.

—¿Cómo te llamas?

—Matthew, mi señora.

Ella sonrió.

—Matthew, ¿cuál es el mensaje?

El chico negó obstinadamente con la cabeza.

—Lady Rose me ordenó específicamente que no se lo dijera a nadie más que a su hermano.

Anne le clavó una dura mirada.

—Supongo que el mensaje es importante o no estarías aquí negándote a salir.

—Sí, señora, muy importante.

—¿Demasiado importante como para retrasar su entrega?—insistió ella.

Sus cejas se fruncieron con incertidumbre.

—Es endemoniadamente importante. Perdóneme, mi señora.

—No importa"—dijo ella—. Estoy segura de que Lady Rose pensaba que su señoría estaría en casa. Pero no lo está, y no podemos decir cuándo volverá. Si es importante, tal vez sea mejor que me lo diga. Soy su esposa, así que hay poca diferencia entre decírselo a él y decírmelo a mí.

Normalmente, ella no era entrometida, pero la intensa curiosidad (y más que una pequeña frustración) la hizo querer escuchar el mensaje.

El joven reflexionó. "

—Supongo que puede tener razón. Lady Rose sonaba muy desesperada—Su expresión se volvió seria—. Pero si se lo digo a usted, aún debo decírselo a su señoría—Se puso más erguido—. Lo prometí, y un caballero nunca rompe su palabra con una dama.

Anne sonrió.

—Por supuesto, tienes toda la razón. Por favor, dígame el mensaje y luego haré que el señor Bingham la lleve a la cocina, donde la señora Hampshire le preparará té y algo de comer. Puede esperar hasta que llegue su señoría y entonces repetirle también el mensaje.

Sus ojos se iluminaron.

—Tengo hambre, señora.

—Entonces tendrás una buena cena. ¿Será suficiente?

Asintió concisamente.

—Sí, señora. La joven me ha pedido que le diga a su señoría que está prisionera en Chesterfield Hall.

Anne parpadeó.

—¿«Está prisionera»? Seguramente, debe haber algún error.

Él negó con la cabeza.

—Yo dije lo mismo. ¿Cómo puede alguien estar prisionero en su propia casa? No quise llamar mentirosa a una señora, pero la acusé de burlarse de mí. Luego me mostró los moretones en la mejilla y en el brazo. Ella está diciendo la verdad. Estoy seguro de ello.

—¿La están golpeando?—preguntó Anne. Era simplemente demasiado fantasioso.

—Sí, así que puede ver por qué tuve que creerle.

Anne asintió.

—Esa es una prueba seria—¿Pero podría ella creerla?

—Lady Rose fue muy específica—continuó—. Dijo que su señoría debía acudir a ella por la entrada oeste, y le rogó que se diera prisa.

—Si está cautiva, ¿cómo es que pudiste hablar con ella?

—Mi padre tiene la mejor leche y mantequilla de todo Edimburgo. El conde nos compra la mantequilla y la leche. Estaba haciendo la entrega cuando pasé por la ventana y ella me llamó. Pero debo decir la verdad. Lady Rose me dijo que debía ser honesto. Me prometió que no me metería en problemas.

—Si Lady Rose prometió que no te meterías en problemas, entonces no te meterás en problemas—Anne lo estudió—.¿Te prometió dinero por entregar el mensaje?

Su barbilla se levantó.

—Lo hizo, pero un caballero nunca acepta dinero por ayudar a una dama en apuros.

—Vuelves a tener razón—murmuró Anne—. ¿Qué es esta verdad que debes decirme?

—Normalmente, voy por el lado de las entradas de los sirvientes en el este. Pero ese es un camino más largo, y yo tenía prisa. Así que escalé el muro y corté por ese lado de la finca.

—He visto ese muro—dijo Anne—. Es muy alto.

Él la miró con desprecio.

—Puedo escalarlo fácilmente. Sería difícil si estuviera entregando leche, porque la leche se derrama. Pero esta vez solo entregaba mantequilla, y la mantequilla no se derrama. Fue una gran suerte que tomara esa ruta, según Lady Rose, porque dijo que nadie atravesaba la finca por ese lado.

—¿Dijo Lady Rose por qué estaba cautiva?
Sacudió la cabeza.

—Ocho días tal vez. No estaba segura.

Desde el pasado sábado o domingo, pensó Anne. Uno o dos días antes de recibir la citación del conde. Eso era extraño.

—Dijo que la dama que la vigila es malvada—dijo Matthew.

—¿Malvada?—repitió Anne—.¿Es ella quien golpea a Lady Rose?

—No lo sé. Dijo que la mujer le daba láudano para mantenerla callada, pero Lady Rose prometió no gritar, así que no le dio tanto.

La historia era demasiado absurda. Oh, cómo deseaba que Kennedy estuviera aquí, o incluso su madre.

—Cuando su señoría vuelva a casa, puedes repetir la historia para él—dijo Anne.

Matthew asintió.

—Espero que vuelva pronto. Lady Rose escuchó a la malvada mujer hablar con el hombre que les trae la comida. Dijo que el conde estaba muy enfermo y que creían que podría morir pronto.

Anne sabía que eso era cierto. El conde no parecía nada bien.

—Ha entrado en coma—dijo el muchacho.

—¿Un coma?—soltó ella. Ella no había escuchado tal cosa. Seguramente, Kennedy se lo diría si eso fuera cierto. ¿Podría ser esa la razón por la que había estado fuera toda la tarde?

—No supe nada más—dijo él—. Excepto que Lady Rose tiene mucho miedo de que la envíen lejos ahora que el conde está muriendo.

—¿Mandarla lejos dónde?

—Ella no lo dijo, solo dijo que debe estar lejos durante nueve meses o más. Dijeron algo sobre que su señoría iba a tener un hijo.

Anne se quedó mirando. El chico no tendría ninguna razón para inventarse algo así.

Capítulo diez

Anne hizo que el Sr. Bingham llevara a Matthew a la cocina para una buena cena, donde esperaría hasta que Kennedy regresara a casa. Un mensajero fue enviado a la casa del muchacho que le explicó dónde estaba. Anne le juró a Matthew guardar el secreto con respecto al "mensaje de la dama" como ahora se refería a su misión. Luego le preguntó al Sr. Bingham sobre Lady Rose y se enteró de que la hermana de Kennedy tenía quince años y que ella y Kennedy estaban muy unidos. Aunque el Sr. Bingham declaró que no estaba en lugar de comentar, admitió que estaba sorprendido de que Lady Rose no se hubiera unido a ellos para la boda y la fiesta nupcial que siguió, o que no hubiera ido a visitarlos en más de una semana. No sabía a dónde había ido Kennedy, y éste no había dejado constancia de cuándo podría regresar. Eran las ocho y veinte, y su madre no volvería hasta dentro de dos horas, por lo menos.

Esperó otra hora, pero cuando Kennedy no llegó a casa, habló una vez más con Matthew y supo en cuál ventana había visto a Lady Rose. Entonces ordenó que trajeran el carruaje y se puso un vestido sencillo y una capa. Mientras estrechaba la mano del lacayo preparándose para entrar en el carruaje, alguien la llamó por su nombre. Se detuvo y miró hacia atrás para encontrar a Matthew bajando las escaleras hacia ella.

Llegó al carruaje y le dijo entre jadeos:

—Irá a rescatarla, ¿no es así, mi señora?

—Voy a ver qué puedo averiguar sobre la situación—dijo ella con voz tranquila.

El muchacho lanzó una mirada al lacayo y luego dijo:

—Iré con usted.

—No—dijo ella—. Alguien debe esperar aquí para hablar con mi marido cuando vuelva. Ese es tu trabajo, Matthew.

Él negó con la cabeza obstinadamente.

—Ese es el trabajo de un bebé. Yo soy un hombre. Puede dejarle unas palabras al Sr. Bingham. Pero voy a ir con usted, mi señora. No está bien que vaya sin un hombre que la proteja.

Que el cielo la salve de los hombres que querían protegerla.

—Te quedarás aquí, Matthew.

Pero antes de que ella pudiera decir más, él se encogió de hombros.

—Puedo llegar allí por mi cuenta, igual como vine aquí.

—¿Cómo has llegado hasta aquí?— preguntó ella.

—Tengo un caballo. Lo llevé a sus establos. Pero puedo tenerla ensillada en dos minutos.

Un caballo es mucho más rápido que un carruaje, y conozco un atajo.

Anne suspiró.

—Entonces supongo que vendrás conmigo. Sin embargo, harás exactamente lo que yo diga.

Se encogió de hombros. El lacayo la ayudó a subir al carruaje, luego Matthew saltó al interior y se acomodó en el asiento de enfrente.

Cuando el carruaje estaba a dos manzanas de la finca del conde, hizo que el conductor se detuviera. Por supuesto, a pesar de sus órdenes, Matthew insistió en venir. James, además, se negó a que ella caminara sola en la oscuridad, y dejaron al lacayo con el carruaje mientras se ponían en marcha.

Llegaron al muro este que Matthew había escalado para atravesar el césped de Chesterfield. Cuando doblaron la esquina de la calle, Anne dijo:

—James, sé que es una petición extraña, pero te pido que esperes fuera en la puerta mientras yo continúo. Estaré lo suficientemente segura cuando estemos en la finca del conde.

Él asintió, pero ella sabía que se preguntaba qué pretendía. Al menos, con Matthew presente, James no pensaría que ella se reuniría con otro caballero.

Llegaron a la puerta de hierro forjado, que estaba abierta. James se quedó en la entrada. Anne se ciñó más la capa mientras ella y

Matthew seguían caminando. Una luz tenue se asomó a una ventana de la planta baja en la parte delantera de la casa, que Anne supuso que era un salón. Otra luz parpadeaba en una ventana del tercer piso. Esa, ella estimó que era la habitación del conde. Por suerte, las cortinas estaban corridas. Más luz suave brillaba en dos ventanas del último piso, donde estarían los sirvientes.

Se apresuraron a rodear el camino de entrada por el lado derecho de la casa, y luego redujeron la velocidad. Este lado de la casa estaba completamente oscuro, excepto por una escasa luz que parpadeaba contra las cortinas cerradas en una ventana del cuarto piso.

—Esa es la ventana —susurró Matthew.

El corazón de Anne comenzó a latir con fuerza. ¿Era realmente cierta su historia? Durante el viaje en carruaje, pensó en media docena de explicaciones para su historia, entre ellas, que él sabía lo suficiente de los acontecimientos actuales como para haber inventado la historia. Tenía que admitir que su historia contenía algunas extrañas coincidencias. Rose afirmó haber sido secuestrada justo en el momento en que Anne conoció a Kennedy. ¿Pero qué podía tener que ver su encuentro y matrimonio con Kennedy con su hermana? ¿Y cómo podría alguien afirmar haber sido secuestrado mientras aún vivía en su casa? Realmente no se llamaría secuestro. Pero una mujer podría ser retenida como prisionera en su propia casa.

Ahora que estaban aquí, no tenía ni idea de cómo iba a demostrar la verdad, de una forma u otra. Buscó una puerta en la pared. Habría algún tipo de entrada en el lado de la casa. Por supuesto, esa puerta estaría cerrada. Vio una puerta más abajo en el lateral del edificio y se apresuró a avanzar. Como era de esperar, estaba cerrada.

Solo eran las diez y media. A pesar de la luz de la habitación del conde, probablemente estaría durmiendo. Jacqueline también debía estar dormida. La mayoría de los sirvientes aprovecharían la tranquilidad y se retirarían a sus habitaciones o se irían a la cama, ya que tendrían que levantarse temprano para cumplir con sus obligaciones matutinas. Sin embargo, algunos sirvientes podrían estar en la cocina trabajando o socializando.

Cuando doblaron la esquina del edificio vio otra puerta, ésta más pequeña que la anterior. La otra puerta que habían visto, aunque era una entrada lateral, era claramente para los visitantes. Esta puerta, sin embargo, era la entrada trasera de los sirvientes. Probó el picaporte y se sorprendió al ver que giraba. Lentamente, abrió la puerta. La luz de la luna iluminó la habitación lo suficiente como para reconocer una especie de despensa. En un estante a la izquierda, había varias velas y una caja de yesca. Esta entrada estaba en uso.

Anne entró y encendió una vela, luego miró a Matthew y le susurró:

—Quédate aquí.

—No puedo dejarla ir sola, mi señora. Soy responsable de usted.

—¿Desobedeces así a tu madre? —preguntó ella con frustración.

—Nunca conocí a mi madre —dijo él—. Ella murió cuando yo era pequeño. Sólo somos mi padre y yo.

Eso explicaba muchas cosas. Debería haber hecho que el lacayo llevara a Matthew de vuelta a la casa y lo atara a una silla, pero no se le había ocurrido. Anne se dio la vuelta y él la siguió mientras avanzaba sigilosamente y entraba en una modesta cocina. Esta sección de la mansión estaba claramente destinada a alguien que quisiera vivir lejos de la parte principal de la casa. Localizó unas escaleras de servicio inmediatamente a la derecha y subieron al cuarto piso. Anne se detuvo al ver la diminuta luz que brillaba en el pasillo negro como la boca del lobo desde una puerta situada más adelante.

Su corazón empezó a latir con fuerza. ¿Qué debía hacer? Si Lady Rose estaba en la habitación (y si su guardián estaba con ella), ¿Cómo iba a ayudar a la chica? ¿Debía volver a casa y esperar a Kennedy? ¿Debía despertar a alguien de la casa, al conde o a su esposa?

Miró a Matthew, que asintió hacia la luz. Anne asintió con la cabeza y se arrastraron hasta la puerta. Llamó ligeramente a la puerta. Se hizo el silencio. Respirando profundamente, agarró el picaporte y lo giró lentamente. Para su sorpresa, el picaporte giró. ¿Por qué dejarían la puerta sin cerrar si tenían a la chica prisionera? Si Rose había mentido (o si Matthew había mentido), estaba cometiendo un gran error al estar aquí.

Le tembló la mano, pero forzó la calma y abrió la puerta con facilidad. En primer lugar, vio una mesa y dos sillas delante de una chimenea en la que ardía un fuego lento. Sobre la mesa había una tetera y dos tazas, junto con un azucarero y una crema. Nadie gritó, y Anne entró en la habitación. A la izquierda había una cama con dosel. Una mujer joven yacía en la cama, con las mantas recogidas bajo los brazos.

—Disculpe—dijo Anne, pero la chica no respondió.

Anne le susurró a Matthew:

—Esta es la habitación de una dama. Quédate aquí mientras la despierto.

Afortunadamente, esta vez él asintió con la cabeza. Cruzó hasta la cama y respiró con fuerza al ver el moretón en la mejilla de la chica. Matthew no había mentido. Anne dejó su vela sobre la mesilla de noche, luego agarró el hombro de la niña y la sacudió suavemente.

Los ojos de la niña se abrieron y su ceño se frunció.

—¿Rebecca?—La palabra era arrastrada, como si hubiera ingerido láudano.

La ira se apoderó de Anne. Esta era la razón por la que no habían cerrado la puerta. La chica no podía estar de pie, y mucho menos escapar.

—Soy la esposa de Kennedy—dijo Anne.

Su ceño se frunció.

—¿Kennedy? ¿Está aquí?—Una lágrima se deslizó por un lado de su cara.

El corazón de Anne se estrechó.

—¿Puedes decirme qué ha pasado?

Rose apretó los ojos y cayeron más lágrimas.

—¿Te han retenido contra tu voluntad?

Sus ojos se abrieron de golpe.

—Rebecca volverá y se enfadará.

—Shh, estoy aquí—la calmó Anne—. No tienes nada que temer—Anne no estaba del todo segura de que eso fuera cierto.

Rose comenzó a gemir.

—Matthew—dijo Anne—, tráeme una taza de ese té que hay en la mesa.

Mientras él hacía lo que le ordenaba, Anne retiró las mantas, apartó las piernas de Rose del lado de la cama y la puso en posición sentada. Matthew apareció con el té.

—La mantendré erguida mientras tú le haces beber el té—dijo Anne.

Él obedeció, y le hicieron tragar la mitad del té antes de que Rose torciera la cabeza hacia un lado.

—Vamos, cariño—la persuadió Anne—, bebe más.

Le metieron otro par de buenos tragos y el resto le chorreó por la barbilla. Anne no tenía ni idea de la cantidad de láudano que le había dado la tal Rebeca, pero agradeció que no fuera suficiente para que la chica quedara inconsciente. Había visto a personas a las que se les había dado suficiente láudano como para que no se despertaran en doce horas.

Anne agarró la barbilla de Rose, obligando a la chica a mirarla.

—¿Puedes caminar?

Su ceño se frunció como si tratara de entender las palabras de Anne.

—¿Quieres salir de este lugar?—preguntó Anne.

La comprensión iluminó sus ojos nublados y asintió.

—Bien—Anne se quitó la capa y la pasó por los hombros de Rose, y luego cerró el broche—. Vamos, veamos si puedes estar de pie.

Anne la puso de pie. Rose se tambaleó. Anne temió que se cayera sobre la cama. Matthew la agarró del brazo y la sostuvo. El muchacho había tenido más razón de lo que Anne creía. Ella necesitaba su ayuda, Rose lo necesitaba a él. Se sintió agradecida cuando él pasó un brazo por la cintura de Rose y soportó la mayor parte de su peso. Anne recogió la vela y caminaron con ella a través de la habitación y hacia el pasillo. ¿Cómo iban a bajarla por las escaleras sin que todos se cayeran y se rompieran el cuello?

Anne se detuvo bruscamente al oír las pisadas que se acercaban detrás de ellos. Se giró y miró por encima del hombro. La luz parpadeó en el recodo que había más adelante y una mujer dobló la esquina en el instante siguiente. Dio tres pasos antes de verlos, luego gritó y tiró su vela a un lado mientras corría hacia ellos.

Anne miró hacia delante. Estaban demasiado lejos de las escaleras para tener alguna posibilidad de adelantarse a ella.

—Matthew, ¿puedes llevar a Rose a salvo por las escaleras?

—Sí, mi señora. Soy muy fuerte.

Anne rezó por que lo fuera.

—Bájala por las escaleras y llévala con James, rápido.

—No puedo dejarla, mi señora —dijo él.

Anne soltó a Rose y Matthew la abrazó más fuerte.

—Debes salvar a la dama—siseó ella—. Puedo cuidarme sola. Es solo una mujer—Anne se revolvió.

Su atacante podía ser solo una mujer, pero era una mujer que corría hacia ellos como si el diablo le mordiera los talones, una mujer que era una cabeza más alta que ella.

Vela en mano, Anne caminó rápidamente hacia ella. Un instante después, estaba a menos de tres metros de la mujer y se detuvo en medio del pasillo.

—Deténgase, señora. Soy la vizcondesa Buchanan, la nuera del conde de Buchanan.

La mujer se detuvo tan rápidamente que tropezó dos pasos antes de recuperarse.

—¿Qué está haciendo con la hermana de mi marido?—exigió Anne.

Los ojos de la mujer pasaron por delante de ella y volvieron a su cara.

—Se supone que no deberías estar aquí.

Empezó a avanzar como si quisiera pasar a toda prisa por el lado izquierdo de Anne, pero ésta se deslizó en su camino.

La mujer se detuvo.

—Fuera de mi camino—gruñó.

—Mi marido no se alegrará de que hayas maltratado a su hermana, Rebecca—dijo Anne.

En sus ojos parpadeó el miedo, seguido de la furia. Anne notó el sutil cambio en su postura y se dio cuenta de que la mujer estaba a punto de cargar. Rebecca se lanzó. Anne se apartó y sacó el pie mientras pasaba a toda velocidad. Rebecca tropezó, con las manos extendidas, y se estrelló contra la pared. Cayó sobre la alfombra y quedó inmóvil.

Anne retrocedió dos pasos, con el corazón palpitante y las rodillas tan débiles que temió que cedieran. Unas pisadas resonaron en la dirección por la que había venido Rebecca. Anne se giró y corrió por el pasillo en dirección contraria. Llegó a las escaleras y se vio obligada a aminorar la marcha en la oscuridad más absoluta. Con una mano en cada una de las paredes de la estrecha escalera, se obligó a reducir la velocidad y rezó por que no le fallaran las piernas.

Al llegar al final de la escalera, agradeció que Matthew y Rose no estuvieran a la vista, y se apresuró a atravesar la despensa de la cocina y salir a la fresca noche. Aceleró sus piernas y llegó a la entrada de la casa en segundos. Casi lloró al ver a Matthew y a Rose atravesar la puerta de hierro forjado donde estaba James.

Un momento después, Anne llegó a la puerta de hierro forjado, se giró y casi chocó con Matthew.

—Dios mío—estalló—. ¿Qué estás haciendo aquí?

—James está asistiendo a Lady Rose—dijo Matthew—. No podía dejarla a usted ahí sola.

Ella lo agarró del brazo y lo hizo correr.

Se oyó un grito en algún lugar cerca de la casa. Doblaron la esquina a toda velocidad. Anne pensó que sus pulmones iban a estallar, pero siguió adelante. Llegaron al carruaje. No esperó a que la ayudaran, sino que se agarró a la puerta y saltó al interior y al asiento junto a Rose.

—Deprisa, James, tenemos que irnos ya.

Matthew entró de un salto y cerró la puerta tras de sí.

Anne tiró de Rose mientras el carruaje se inclinaba hacia la izquierda y se puso en movimiento con la suficiente fuerza como para tener que sujetarse al asa. Rose lloró contra el corpiño de Anne y ésta se obligó a no romper a llorar.

Capítulo once

Kennedy guió a su caballo hacia el camino de Chesterfield, con John cabalgando a su lado. Continuaron alrededor del lado este de la casa hacia la parte trasera, y Kennedy detuvo el animal al ver la entrada abierta de los sirvientes. Saltó de la montura y corrió al interior. Conocía esta parte de la casa como la palma de su mano. Cuando su madre vivía, a menudo recibían invitados aquí. Después de su muerte, Kennedy pasó muchos días en las habitaciones desiertas.

Kennedy vio las velas y la caja de yesca en el estante de la despensa, y maldijo.

Una sombra llenó la puerta.

—Alguien está usando esta entrada—dijo John.

Las tripas de Kennedy se apretaron. Rose está aquí.

Se obligó a reprimir la compulsión de subir corriendo las oscuras escaleras. Ya no tenía quince años. La estrecha escalera era muy negra por la noche y seguro que se rompería el cuello.

Encendió una vela y le dijo a John:

—Vamos—luego se apresuró a salir de la despensa hacia la cocina y tomó la escalera de la derecha.

Llegaron al cuarto piso. La luz se derramaba desde una puerta abierta a mitad del pasillo. Apagó la vela, la tiró a un lado y corrió hacia la puerta abierta. Él y John irrumpieron en la habitación para encontrar a un hombre sentado en el colchón junto a una mujer.

—Rose—gruñó Kennedy, y dio dos pasos hacia el hombre antes de que unos fuertes dedos le agarraran el brazo y le empujaran hacia atrás.

—Esa no es Rose—dijo John.

Por un instante, Kennedy no entendió, luego giró la cabeza y miró a la pareja. El hombre estaba de pie, mirándolos fijamente. La mujer no era Rose.

No era Rose. ¿Dónde estaba su hermana?

Kennedy se soltó de John y le dijo al hombre:

—¿Dónde está mi hermana?

El hombre negó con la cabeza.

—No lo sé. Volví y encontré a Rebecca inconsciente en el pasillo.

Kennedy rodeó la cama y tomó a la mujer por los hombros. Su cabeza se inclinó hacia un lado. La sacudió.

—¡Déjala!—gritó el hombre.

Kennedy le arrancó la mirada al hombre y éste retrocedió dos pasos. Kennedy volvió a mirar a la mujer y la sacudió de nuevo.

John apareció a su lado.

—Toma, quizá esto te ayude.

Lanzó agua de una jarra a la cara de la mujer.

Ella escupió y sacudió la cabeza. Sus ojos se abrieron de golpe. Su mirada se encontró con la de Kennedy y sus ojos se abrieron de par en par.

—¿Dónde está mi hermana? —preguntó.

Ella miró al hombre.

Kennedy le dio una fuerte sacudida.

—¿Dónde está Lady Rose?

—Una mujer se la llevó.

El pánico confundió sus pensamientos.

—¿Una mujer? ¿Qué mujer? ¿Dónde se la llevó?

—Ella, ella dijo que era Lady Buchanan.

—¿Lady Buchanan? —repitió —¿Jacqueline?

—N-no— tartamudeó la mujer—. Vizcondesa Buchanan, cuñada de Lady Rose.

—¿Anne? —¿Había oído bien? —¿Mi esposa estuvo aquí?

Los ojos de la mujer se abrieron de par en par.

—¿Usted es el Vizconde Buchanan? —Ella se apartó de él.

Él la soltó y se enderezó.

—¿Está segura de que fue la vizcondesa Buchanan quien estuvo aquí?

Ella asintió enérgicamente.

—Tenía un muchacho con ella. Me hizo tropezar y me golpeé contra la pared.

La mujer giró la cabeza hacia un lado y le mostró el hematoma que se estaba formando en su frente.

Kennedy apenas podía dar crédito. Miró a John.

—¿Qué demonios estaba haciendo mi mujer aquí?

John negó con la cabeza.

—No puedo imaginarlo.

Kennedy miró al hombre.

—¿Quién es usted?

—Angus Dunning. Llevo la comida a Rebecca mientras ella atiende a la joven.

—¿Qué quieres decir con «atender a la joven»?

—Su padre no quería meterla en un manicomio —dijo Rebecca—. Así que me pagó para que la cuidara aquí. Dijo que era mejor que el manicomio —añadió rápidamente—. Es muy amable.

—¿Amable? —Kennedy gruñó—. Veremos si esa defensa se sostiene en el tribunal —Miró a John—. Debo volver a casa. ¿Los mantendrás aquí hasta que regrese?

—Aquí, ahora —dijo Angus—. No hay necesidad de tratarnos como criminales. Nos pagaron para cuidar a la joven por su padre. Rebecca y yo podemos irnos cuando queramos.

John enseñó los dientes blancos.

—Eres libre de intentarlo, muchacho.

Kennedy vislumbró los ojos grandes del hombre un instante antes de que diera un giro y saliera de la habitación.

Kennedy llegó a su casa media hora después y saltó de su caballo casi antes de que la bestia se detuviera. Subió los escalones y golpeó la aldaba hasta que la puerta se abrió de un tirón.

—Quienquiera que sea…--interrumpió Bingham—. Le pido perdón, mi señor. No me di cuenta...

Kennedy lo empujó.

—¿Dónde está mi esposa?

—En la cámara de invitados de Burgundy, señor, con Lady Rose.

—¿Mi hermana está aquí? —dijo en un duro susurro.

Bingham asintió.

—Sí—respondió, pero Kennedy ya estaba subiendo las escaleras a toda velocidad.

Irrumpió en las habitaciones de los invitados de Burgundy para encontrar a Anne de pie con su madre y su hermana mientras el médico estaba sentado en la cama, impidiendo la visión de su paciente.

Kennedy dio un paso adelante.

—¿Rose?

El médico se puso de pie, y Rose gritó:

—¡Kennedy!

Kennedy respiró con fuerza. Su hermana estaba sentada en la cama, con la mejilla izquierda amarillenta por un hematoma. Cruzó la habitación hasta la cama, cayó de rodillas y la atrajo hacia él. Ella le echó los brazos al cuello y él enterró su cara en su cuello y lloró.

* * *

Anne sintió los ojos de Kennedy sobre ella por enésima vez mientras ella y Matthew relataban su historia, pero mantuvo la mirada en sus manos entrelazadas en el regazo. Louisa se sentó entre ella y su madre en el diván del salón, pues Louisa se negó a que la enviaran a la cama. Kennedy se sentó en la silla de la izquierda, mientras Matthew continuaba su historia.

—Su señoría se negó a irse con Lady Rose y conmigo—dijo Matthew, y Anne se estremeció.

—¿Qué hizo ella?—preguntó su marido.

—Se quedó a luchar contra la malvada mujer mientras Lady Rose y yo escapábamos.

Por el rabillo del ojo, vio que Kennedy volvía a mirarla fijamente.

—¿Fue entonces cuando la hiciste tropezar?—preguntó Kennedy.

Anne lo miró con dureza.

—¿Cómo lo sabes?

—Tuve una charla con Rebecca.

—Oh—dijo ella, y volvió a callarse.

—Conseguí que Lady Rose saliera con James—continuó Matthew—. Luego vino su señoría y pudimos escapar—Matthew se puso más erguido, como si esperara más instrucciones.

163

Kennedy se levantó y le tendió la mano al muchacho.

—Te debo más de lo que puedo pagar.

El chico lo miró sorprendido y luego estrechó la mano de Kennedy y se dieron un fuerte apretón.

—Di cualquier precio—dijo Kennedy—, y es tuyo.

Anne ocultó una sonrisa cuando Matthew dijo:

—Un caballero nunca acepta dinero por rescatar a una dama.

Kennedy se quedó mirando, como si no supiera qué decir, y luego asintió.

Cuando Rose esté mejor, consideraremos un honor que nos acompañes a cenar. Ella querrá agradecértelo personalmente.

El asombro apareció en la cara del muchacho, y luego dijo con voz solemne:

—Será un honor.

Llamaron a la puerta y entró el señor Bingham.

—Ha llegado un mensaje para usted, mi señor.

Cruzó hacia Kennedy y le entregó una nota, luego esperó.

Kennedy escaneó la nota, que era de John, diciendo que el agente que Kennedy había mandado llamar había llegado a Chesterfield. Tenía a Rebecca y a Angus bajo custodia, y

Kennedy debía presentarse por la mañana para presentar cargos formales.

Kennedy miró a Bingham.

—Bingham, por favor envía una nota a John con mi agradecimiento, y dile que lo visitaré mañana.

Bingham se inclinó y se fue.

—Matthew— dijo Kennedy—, mi carruaje te llevará a casa.

—No hay necesidad de eso. Tengo un caballo.

Kennedy negó con la cabeza.

—Compláceme en esto, muchacho. Estaré más tranquilo si mi carruaje te lleva. Diré al conductor que te recoja mañana para que puedas recuperar tu caballo en horas de luz.

—Si eso es lo que desea, mi señor.

—No me has obedecido tan fácilmente— dijo Anne en voz baja.

El muchacho la miró sorprendido.

—Por supuesto que no, mi señora. Lo que me pidió era imposible.

—Ahh—entonó ella—. Me olvidaba. Se suponía que debías protegerme a mí... y a Lady Rose—Ella sonrió—. No sé qué habría hecho sin ti—No era una mentira.— Gracias.

Se inclinó, y Kennedy le indicó que le dijera al Sr. Bingham que hiciera traer un carruaje. Matthew se fue, entonces su madre se puso de pie y dijo:

—Ven, Louisa. Es tarde.

—Pero, mamá.

—No hay discusiones—interrumpió su madre—. Acompáñame—Miró a Kennedy—. Estamos muy contentos de que tu hermana esté en casa, Kennedy.

Él asintió y dijo con voz ronca:

—Gracias, mi señora.

Ella sonrió amablemente y dijo:

—Tal vez deberías llamarme, Christina.

Luego, ella y Louisa dejaron a Anne a solas con su marido.

Anne no sabía por qué, pero de repente se sintió aterrada.

Kennedy la miró fijamente.

—¿Qué clase de mujer eres?

Ella lo miró.

—No lo entiendo.

—Apenas me conoces. No conoces a Rose, en absoluto. Sin embargo, te pusiste en peligro para salvarla.

Anne se encogió de hombros.

—Cuando la vi, la situación en la que estaba, estaba claro que la tenían retenida contra su voluntad. No podía dejarla allí.

—Podrías haber acudido a mí. Podrías no haber ido y dejar que Matthew me contara su historia cuando volviera a casa.

—Matthew dijo que Lady Rose temía que se la llevaran. En verdad, mi señor, no podía creer que la historia fuera cierta. Pero había suficientes verdades como para ignorar la posibilidad de que el cuento fuera cierto—Ella dudó, y dijo:—¿Por qué tu padre la hizo encerrar?

Su boca se diluyó.

—¿Seguro que quieres saber la respuesta? No te va a gustar.

—Claro que no me va a gustar. No hay nada que justifique encerrar a alguien, y mucho menos a su propio hija.

Le hirvió la sangre al recordar que había encontrado a la niña medio loca por el láudano y claramente maltratada físicamente.

—No me refiero a eso—dijo Kennedy—. La razón se refiere a ti, a nuestro matrimonio.

Ella frunció el ceño y luego comprendió.

—¿Quieres decir que tu padre la utilizó para obligarte a casarte conmigo? Cómo... no lo entiendo.

—Mi padre me dijo que se había llevado a Rose. Creí que se la había llevado de Escocia. A Francia, tal vez. No tenía la menor idea de que seguía en Edimburgo, en su propia casa...--Sus manos se cerraron en un puño.

Anne comprendía perfectamente su ira y su pánico. No podía imaginarse que le pasara algo a Louisa.

—Exigió que me casara inmediatamente y produjera un heredero—dijo Kennedy.

Anne asintió. Él había tenido razón. Ella no quería saberlo. Sabía que el conde había instigado el matrimonio. Sin embargo, de alguna manera, este conocimiento manchaba su unión de una forma que no podía describir.

Se miró las manos, que seguían entrelazadas en su regazo.

—Lo siento mucho—Las lágrimas le presionaron el fondo de los ojos—. Por supuesto, no podemos seguir casados.

—¿Qué?—dijo él bruscamente.

Ella levantó la cabeza.

Él cruzó hacia ella y se detuvo junto al diván.

—Llevamos tres días casados. Necesito tiempo para aprender a ser un marido. Seguro que me darás más tiempo.

Ella le miró confundida.

—Nos casamos porque tu padre mantuvo cautiva a tu hermana. No puedo imaginar cómo puedes soportar siquiera mirarme.

—Todo lo contrario. No puedo soportar la idea de no ver tu cara todos los días durante el resto de mi vida.

Ella parpadeó.

—¿Qué? No lo entiendo. Nuestro matrimonio...

Él la agarró del brazo y la puso de pie.

—Es lo mejor que me ha pasado. Lo siento, querida, pero no tengo intención de dejarte ir.

Antes de que ella pudiera responder, la besó hasta que no pudo pensar con claridad.

Epílogo

El padre de Kennedy murió la noche siguiente. Tres días después, Kennedy le dio a Jacqueline su casa de la ciudad y trasladó a su nueva familia a Chesterfield Hall. Tardarían un mes en traer todas sus pertenencias. Pero a él no le importaba. Había crecido en esta casa. Su madre había muerto en esta casa. Su hermana había sido encarcelada y luego rescatada en esta casa. Por último, nunca olvidaría que incluso su padre había muerto en esta casa. Este era su lugar.

La vizcondesa viuda volvió a Dover Hall, y dejó a Louisa con ellos. Habían pasado dos meses. En una semana más, irían a Dover Hall a pasar el verano. Para cuando volvieran a casa, Anne estaría entrando en su sexto mes de embarazo y se instalarían hasta el nacimiento de su hijo.

Unas ligeras pisadas sonaron en el exterior de su estudio, luego la puerta se abrió de golpe y Louisa y Rose entraron a toda prisa.

Rose agitó una tarjeta con una nota.

—Nos han invitado a una fiesta en el jardín esta tarde. Por favor, di que podemos ir.

—Depende de Anne—dijo él.

—¿Dónde está ella?—preguntó Louisa.

Kennedy se puso de pie. Él supuso que en el invernadero.

—La encontraré.

Dejó a las chicas y se dirigió al invernadero. Este invernadero era el doble de grande que el de su casa. Entró y se dirigió a la parte trasera de la habitación, donde, como era de esperar, encontró a su mujer echada en la tumbona que había colocado allí, frente a la chimenea, donde solo ardían las brasas. Un libro estaba abierto sobre su estómago, que aún no había dado señales de la vida que crecía en su interior. Pero estaba durmiendo la siesta. Algo que ahora hacía con más frecuencia que antes; al menos, según ella.

Puso otro tronco en el fuego, luego se puso de pie y se giró para encontrarla mirándolo fijamente.

—Esta es mi habitación favorita de la casa— dijo ella.

Él levantó una ceja.

—¿Tu habitación favorita?

Ella se encogió de hombros.

—Tal vez mi segunda favorita.

Él se dirigió a la tumbona y se sentó a su lado.

—Quizás te gustaría pasar un poco de tiempo en tu habitación favorita conmigo.

Ella soltó un suspiro de satisfacción.

—¿Para qué moverse si este es un sillón tan cómodo?

Él le alisó un mechón que se le había escapado del moño.

—Nuestras hermanas quieren asistir a una fiesta en el jardín esta tarde.

Ella se desplazó y acarició el lugar vacío a su lado. Él se estiró y la atrajo contra su pecho.

Ella se acurrucó cerca y su corazón se estrechó.

—¿Cómo es que he tenido la suerte de encontrarte? —preguntó él.

—Eres una persona muy afortunada, supongo —murmuró ella.

Él supuso que era cierto. Cerró los ojos y respiró profundamente.

—Imagino que deberíamos dejar que las chicas vayan a la fiesta.

Ella asintió contra su pecho.

—Nunca dejaremos de escucharlo si no lo hacemos.

—¿Tenemos que decírselo ahora?

Anne se movió y acercó su boca a la suya.

—Solo si realmente quieres —dijo contra sus labios.

Lo único que quería era hacer el amor con su mujer.

—¿Te he dicho que te amo? —dijo él.

Ella le mordisqueó el labio inferior.

—Solo otras tres veces hoy.

Él apretó sus brazos alrededor de ella.

—Me estoy quedando atrás. Te amo.

Ella mordió un poco más fuerte y él, de repente, la deseó mucho.

—Bien—dijo ella—. Porque yo también te amo.

Más romances del Casamentero para seguir.

<u>www.scarsdalepublishing.com</u>